MARÍLIA DE DIRCEU

Tomás Antônio Gonzaga

MARÍLIA DE DIRCEU

Síntese biográfica e notas de

Sergio Faraco

www.lpm.com.br

L&PM POCKET

Coleção **L&PM** POCKET, vol.104

Texto de acordo com a nova ortografia.

Primeira edição na Coleção **L&PM** POCKET: maio de 1998
Esta reimpressão: fevereiro de 2023

Capa: Ivan Pinheiro Machado. *Ilustração*: foto da Igreja Matriz de Santo Antônio, Tiradentes, Minas Gerais, Brasil.
Revisão: Adriana Piccinini e Cíntia Moscovich

G242m

Gonzaga, Tomás Antônio, 1774-1810
Marília de Dirceu / Tomás Antônio Gonzaga – Porto Alegre: L&PM, 2023.
192 p. ; 18 cm – (Coleção L&PM POCKET; v. 104)

ISBN 978-85-254-0893-8

1. Ficção brasileira-poesias. I. Título. II. Série.

CDD 869.91
CDU 869.0(81)-1

Catalogação elaborada por Izabel A. Merlo, CRB 10/329.

Rua Comendador Coruja, 314, loja 9 – Floresta – 90.220-180
Porto Alegre – RS – Brasil / Fone: 51.3225.5777

PEDIDOS & DEPTO. COMERCIAL: vendas@lpm.com.br
FALE CONOSCO: info@lpm.com.br
www.lpm.com.br

Impresso no Brasil
Verão de 2023

SÍNTESE BIOGRÁFICA

Sergio Faraco

Tomás Antônio Gonzaga nasceu na cidade do Porto (PT), em 11 de agosto de 1744, filho de João Bernardo Gonzaga, brasileiro, e Tomásia Isabel Clark, portuguesa. Não completara o primeiro ano de vida quando perdeu a mãe. Em 1752 veio para o Brasil, acompanhando o pai, que fora nomeado ouvidor de Pernambuco, e fez seus primeiros estudos na Bahia. Em 1761 retornou a Portugal e no ano seguinte matriculou-se na Universidade de Coimbra (Leis), onde viria a conhecer seu futuro companheiro de infortúnio, o poeta Alvarenga Peixoto. Colou grau em 1768 e no mesmo ano, desejando tornar-se professor no curso de Leis, escreveu o seu *Tratado de direito natural*. Abandonou, contudo, este projeto, e entrou para a magistratura, como juiz de fora em Beja.

Em 1782 foi nomeado ouvidor de Vila Rica e ali fez um círculo de amigos: o poeta Cláudio Manuel da Costa, seu conhecido Alvarenga Peixoto e o próprio governador, D. Rodrigo José de Menezes. Decorrido um ano, assumiu o governo da capitania Luís da Cunha Menezes, e com este o poeta nunca se entendeu, vindo a satirizá-lo nas *Cartas chilenas* ("Fanfarrão Minésio"). Foi nessa época que conheceu "Marília", a menina Maria Doroteia Joaquina de Seixas, filha do capitão Baltazar João Mayrink.

Em 1786, talvez em razão de seus desentendimentos com Cunha Menezes, solicitou e obteve a nomeação como desembargador da relação da Bahia, mas não se afastou de Vila Rica, à espera do casamento e ainda no exercício da ouvidoria. Sua decisão de permanecer também estaria relacionada com a notícia – de fins de 1786 – de que Cunha Menezes seria substituído pelo Visconde de Barbacena, com o qual, em Lisboa, tivera relações de amizade. Em setembro de 1788, com a chegada do novo ouvidor de Vila Rica, Pedro José de Araújo Saldanha, afastou-se do cargo, mas solicitou prorrogação da residência e, ao mesmo tempo, a licença para casar-se.

A chegada de Barbacena a Minas Gerais, em julho de 1788, provocou grande alvoroço, pois trazia ordens de cobrar as 528 arrobas dos quintos atrasados do ouro. A possibilidade de uma revolta foi discutida por escassa meia-dúzia de pró-homens da capitania, e embora nada de concreto resultasse dessas conversas, Barbacena teve conhecimento delas e mandou prender os implicados, inclusive Gonzaga (23 de maio de 1789), que não fazia parte da conspiração, mas era tido por chefe – uma inverdade que, confessadamente, fora disseminada pelo alferes Joaquim José da Silva Xavier, o Tiradentes, e pelo padre Carlos Correia de Toledo, vigário de São José, para cooptar incautos.

Preso uma semana antes do casamento e condenado injustamente no processo criminal que se instaurou, partiu para o degredo em Moçambique no exato dia do terceiro aniversário de sua prisão. Ao contrário de outros degredados, que morreram no cárcere, foi bem tratado e desempenhou altos cargos. Poderia ter voltado ao Brasil, mas não o fez, decerto por ter sido esquecido pela jovem musa, que até já se tornara mãe solteira. Ou quem sabe ele também se esquecera daquele amor antigo: casou-se com uma ricaça analfabeta, Juliana de Sousa Mascarenhas, e teve com ela uma filha, Ana Mascarenhas Gonzaga. Faleceu em fevereiro de 1810.

Primeira Parte

Lira I

Eu, Marília, não sou algum vaqueiro,
Que viva de guardar alheio gado,
De tosco trato, de expressões grosseiro,
Dos frios gelos e dos sóis queimado.
Tenho próprio casal e nele assisto;
Dá-me vinho, legume, fruta, azeite;
Das brancas ovelhinhas tiro o leite,
E mais as finas lãs, de que me visto.
  Graças, Marília bela,
  Graças à minha Estrela!

Eu vi o meu semblante numa fonte,
Dos anos inda não está cortado;
Os Pastores, que habitam este monte,
Respeitam o poder do meu cajado.
Com tal destreza toco a sanfoninha,
Que inveja até me tem o próprio Alceste[1]:
Ao som dela concerto a voz celeste
Nem canto letra que não seja minha.
  Graças, Marília bela,
  Graças à minha Estrela!

---

1. Um dos nomes poéticos de Cláudio Manuel da Costa. O outro era Glauceste.

Mas tendo tantos dotes da ventura,
Só apreço lhes dou, gentil Pastora,
Depois que o teu afeto me segura
Que queres do que tenho ser Senhora.
É bom, minha Marília, é bom ser dono
De um rebanho, que cubra monte e prado;
Porém, gentil pastora, o teu agrado
Vale mais que um rebanho, e mais que um trono.
  Graças, Marília bela,
  Graças à minha Estrela!

Os teus olhos espalham luz divina,
A quem a luz do sol em vão se atreve;
Papoila ou rosa delicada e fina
Te cobre as faces, que são cor da neve.
Os teus cabelos são uns fios d'ouro;
Teu lindo corpo bálsamo vapora.
Ah! não, não fez o Céu, gentil Pastora,
Para Glória de amor igual Tesouro.
  Graças, Marília bela,
  Graças à minha Estrela!

Leve-me a sementeira muito embora
O rio, sobre os campos levantado;
Acabe, acabe a peste matadora,
Sem deixar uma rês, o nédio gado.
Já destes bens, Marília, não preciso
Nem me cega a paixão, que o mundo arrasta;
Para viver feliz, Marília, basta
Que os olhos movas, e me dês um riso.
  Graças, Marília bela,
  Graças à minha Estrela!

Irás a divertir-te na floresta,
Sustentada, Marília, no meu braço;
Aqui descansarei a quente sesta,
Dormindo um leve sono em teu regaço;
Enquanto a luta jogam os Pastores,
E emparelhados correm nas campinas,
Toucarei teus cabelos de boninas,
Nos troncos gravarei os teus louvores.
  Graças Marília bela,
  Graças à minha Estrela!

Depois que nos ferir a mão da Morte,
Ou seja neste monte, ou noutra serra,
Nossos corpos terão, terão a sorte
De consumir os dous a mesma terra.
Na campa, rodeada de ciprestes,
Lerão estas palavras os Pastores:
"Quem quiser ser feliz nos seus amores,
Siga os exemplos, que nos deram estes".
  Graças, Marília bela,
  Graças à minha Estrela!

Lira II

Pintam, Marília, os Poetas
A um menino vendado,
Com uma aljava de setas,
Arco empunhado na mão;
Ligeiras asas nos ombros,
O tenro corpo despido,
E de Amor ou de Cupido
São os nomes, que lhe dão.

Porém eu, Marília, nego,
Que assim seja Amor, pois ele
Nem é moço nem é cego,
Nem setas nem asas tem.
Ora pois, eu vou formar-lhe
Um retrato mais perfeito
Que ele já feriu meu peito;
Por isso o conheço bem.

Os seus compridos cabelos,
Que sobre as costas ondeiam,
São que os de Apolo[2] mais belos;
Mas de loura cor não são.
Têm a cor da negra noite;
E com o branco do rosto
Fazem, Marília, um composto
Da mais formosa união.

Tem redonda e lisa testa,
Arqueadas sobrancelhas
A voz meiga, a vista honesta,
E seus olhos são uns sóis.
Aqui vence Amor ao Céu:
Que no dia luminoso
O Céu tem um Sol formoso,
E o travesso Amor tem dois.

Na sua face mimosa,
Marília, estão misturadas

---

2. (Mit.) Na Grécia, deus da profecia, da arte de usar arco e flecha, da juventude, da medicina e, em certos lugares, da poesia e da música. Era representado como um jovem de elevada estatura e grande beleza.

Purpúreas folhas de rosa,
Brancas folhas de jasmim.
Dos rubins mais preciosos
Os seus beiços são formados;
Os seus dentes delicados
São pedaços de marfim.

Mal vi seu rosto perfeito,
Dei logo um suspiro, e ele
Conheceu haver-me feito
Estrago no coração.
Punha em mim os olhos, quando
Entendia eu não olhava;
Vendo que o via, baixava
A modesta vista ao chão.

Chamei-lhe um dia formoso;
Ele, ouvindo os seus louvores,
Com um modo desdenhoso
Se sorriu e não falou.
Pintei-lhe outra vez o estado,
Em que estava esta alma posta;
Não me deu também resposta,
Constrangeu-se e suspirou.

Conheço os sinais; e logo,
Animado da esperança,
Busco dar um desafogo
Ao cansado coração.
Pego em seus dedos nevados,
E querendo dar-lhe um beijo,
Cobriu-se todo de pejo,
E fugiu-me com a mão.

Tu, Marília, agora vendo
De Amor o lindo retrato,
Contigo estarás dizendo
Que é este o retrato teu.
Sim, Marília, a cópia é tua,
Que Cupido é Deus suposto:
Se há Cupido, é só teu rosto,
Que ele foi quem me venceu.

Lira III

De amar, minha Marília, a formosura
Não se podem livrar humanos peitos.
Adoram os Heróis, e os mesmos brutos
Aos grilhões de Cupido estão sujeitos.
Quem, Marília, despreza uma beleza
A luz da razão precisa;
E se tem discurso, pisa
A lei, que lhe ditou a Natureza.

Cupido entrou no céu. O grande Jove[3]
Uma vez se mudou em chuva de ouro;
Outras vezes tomou as várias formas
De General de Tebas, velha e touro.
O próprio Deus da Guerra[4], desumano,
Não viveu de amor ileso;
Quis a Vênus[5], e foi preso
Na rede, que lhe armou o Deus Vulcano[6].

---

3. (Poét.) Júpiter – Zeus entre os gregos –, que usava de muitos disfarces em suas conquistas amorosas.

4. (Mit.) Ares.

5. (Mit.) Entre os gregos, Afrodite, deusa do amor e da fertilidade.

6. (Mit.) Entre os gregos, Hefesto. Armou uma rede mágica sobre o leito para prender sua esposa com o amante.

Mas sendo Amor igual para os viventes,
Tem mais desculpa ou menos esta chama:
Amar formosos rostos acredita,
Amar os feios de algum modo infama.
Quem lê que Jove amou, não lê nem topa
Que amou vulgar donzela:
Lê que amou a Dánae bela,[7]
Encontra que roubou a linda Europa.[8]

Se amar uma beleza se desculpa
Em quem ao próprio céu e terra move,
Qual é a minha glória, pois igualo,
Ou excedo no amor ao mesmo Jove?
Amou o Pai dos Deuses Soberano
Um semblante peregrino;
Eu adoro o teu divino,
O teu divino rosto, e sou humano.

Lira IV

Marília, teus olhos
São réus e culpados
Que sofra, e que beije
Os ferros pesados
De injusto senhor.
Marília, escuta
Um triste Pastor.

7. (Mit.) Zeus, para seduzi-la, transformou-se em chuva de ouro.
8. (Mit.) Para tanto, o deus dos deuses transformou-se num touro branco.

Mal vi o teu rosto,
O sangue gelou-se,
A língua prendeu-se,
Tremi e mudou-se
Das faces a cor.
    Marília, escuta
    Um triste Pastor.

A vista furtiva,
O riso imperfeito
Fizeram a chaga,
Que abriste no peito,
Mais funda, e maior.
    Marília, escuta
    Um triste Pastor.

Dispus-me a servir-te;
Levava o teu gado
À fonte mais clara,
À vargem e prado
De relva melhor.
    Marília, escuta
    Um triste Pastor.

Se vinha da herdade,
Trazia nos ninhos
As aves nascidas,
Abrindo os biquinhos
De fome ou temor.
    Marília, escuta
    Um triste Pastor.

Se alguém te louvava,
De gosto me enchia;
Mas sempre o ciúme
No rosto acendia
Um vivo calor.
    Marília, escuta
    Um triste Pastor.

Se estavas alegre,
Dirceu se alegrava;
Se estavas sentida,
Dirceu suspirava
À força da dor.
    Marília, escuta
    Um triste Pastor.

Falando com Laura,
Marília dizia;
Sorria-se aquela,
E eu conhecia
O erro de amor.
    Marília, escuta
    Um triste Pastor.

Movida, Marília,
De tanta ternura,
Nos braços me deste
Da tua fé pura
Um doce penhor.
    Marília, escuta
    Um triste Pastor.

Tu mesma disseste
Que tudo podia
Mudar de figura,
Mas nunca seria
Teu peito traidor.
  Marília, escuta
  Um triste Pastor.

Tu já te mudaste;
E a Olaia frondosa,
Aonde escreveste
A jura horrorosa,
Tem todo o vigor.
  Marília, escuta
  Um triste Pastor.

Mas eu te desculpo,
Que o fado tirano
Te obriga a deixar-me,
Pois busca o meu dano
Da sorte que for.
  Marília, escuta
  Um triste Pastor.

Lira V

Acaso são estes
Os sítios formosos,
Aonde passava
Os anos gostosos?
São estes os prados,
Aonde brincava,

Enquanto pastava
O manso rebanho,
Que Alceu[9] me deixou?

São estes os sítios?
São estes; mas eu
O mesmo não sou.
Marília, tu chamas?
Espera, que eu vou.

Daquele penhasco
Um rio caía;
Ao som do sussurro
Que vezes dormia!
Agora não cobrem
Espumas nevadas
As pedras quebradas:
Parece que o rio
o curso voltou.

São estes os sítios?
São estes; mas eu
O mesmo não sou.
Marília, tu chamas?
Espera, que eu vou.

Meus versos, alegre,
Aqui repetia;
O Eco as palavras
Três vezes dizia.
Se chamo por ele,

9. Alvarenga Peixoto.

Já não me responde;
Parece se esconde,
Cansado de dar-me
Os ais que lhe dou.

São estes os sítios?
São estes; mas eu
O mesmo não sou.
Marília, tu chamas?
Espera, que eu vou.

Aqui um regato
Corria sereno,
Por margens cobertas
De flores e feno;
À esquerda se erguia
Um bosque fechado;
E o tempo apressado,
Que nada respeita,
Já tudo mudou.

São estes os sítios?
São estes; mas eu
O mesmo não sou.
Marília, tu chamas?
Espera, que eu vou.

Mas como discorro?
Acaso podia
Já tudo mudar-se
No espaço de um dia?
Existem as fontes,

E os freixos copados;
Dão flores os prados.
E corre a cascata,
Que nunca secou.

São estes os sítios?
São estes; mas eu
O mesmo não sou.
Marília, tu chamas?
Espera, que eu vou.

Minha alma, que tinha
Liberta a vontade,
Agora já sente
Amor e saudade,
Os sítios formosos,
Que já me agradaram,
Ah! não se mudaram;
Mudaram-se os olhos,
De triste que estou.

São estes os sítios?
São estes; mas eu
O mesmo não sou.
Marília, tu chamas?
Espera, que eu vou.

Lira VI

Oh! quanto pode em nós a vária Estrela!
Que diversos que são os gênios nossos!

Qual solta a branca vela,
E afronta sobre o pinho os mares grossos;
Qual cinge com a malha o peito duro,
E, marchando na frente das coortes,
Faz a torre voar, cair o muro.

O sórdido avarento em vão defende
Que possa o filho entrar no seu Tesouro:
Aqui, fechado, estende
Sobre a tábua, que verga, as barras de ouro;
Sacode o jogador do copo os dados;
E numa noite só, que ao sono rouba,
Perde o resto dos bens, do pai herdados.

O que da voraz gula o vício adora,
Da lauta mesa o seus prazeres fia;
E o terno Alceste chora
Ao som dos versos, a que o gênio o guia.
O sábio Galileu[10] toma o compasso,
E, sem voar ao Céu, calcula e mede
Das Estrelas e sol o imenso espaço.

Enquanto, pois, Marília, a vária gente
Se deixa conduzir do próprio gosto,
Passo as horas contente,
Notando as graças do teu lindo rosto.
Sem cansar-me a saber se o Sol se move,
Ou se a terra volteia, assim conheço
Aonde chega a mão do grande Jove.

Noto, gentil Marília, os teus cabelos;
E noto as faces de jasmins e rosas;
Noto os teus olhos belos,

10. Galileu Galilei (1564-1642), astrônomo italiano.

Os brancos dentes e as feições mimosas.
Quem fez uma obra tão perfeita e linda,
Minha bela Marília, também pode
Fazer os Céus, e mais, se há mais ainda.

Lira VII

Vou retratar a Marília,
A Marília, meus amores;
Porém como? se eu não vejo
Quem me empreste as finas cores!
Dar-mas a terra não pode;
Não, que a sua cor mimosa
Vence o lírio, vence a rosa,
O jasmim e as outras flores.
Ah! socorre, Amor, socorre
Ao mais grato empenho meu!
Voa sobre os Astros, voa,
Traze-me as tintas do Céu.

Mas não se esmoreça logo;
Busquemos um pouco mais;
Nos mares talvez se encontrem
Cores, que sejam iguais.
Porém não, que em paralelo
Da minha ninfa adorada
Pérolas não valem nada,
Não valem nada os corais.
Ah! socorre, Amor, socorre
Ao mais grato empenho meu!
Voa sobre os astros, voa,
Traze-me as tintas do Céu.

Só no céu achar-se podem
Tais belezas como aquelas,
Que Marília tem nos olhos,
E que tem nas faces belas;
Mas às faces graciosas,
Aos negros olhos, que matam,
Não imitam, não retratam
Nem auroras nem Estrelas.
Ah! socorre, Amor, socorre
Ao mais grato empenho meu!
Voa sobre os Astros, voa,
Traze-me as tintas do Céu.

Entremos, Amor, entremos,
Entremos na mesma Esfera;
Venha Palas[11], venha Juno[12],
Venha a Deusa de Citera[13].
Porém, não, que se Marília
No certame antigo entrasse,[14]
Bem que a Páris não peitasse,[15]
A todas as três vencera.

---

11. (Mit.) Palas Atena, deusa de aptidões bélicas e protetora das atividades filosóficas e literárias, patrocinando também os trabalhos manuais.

12. (Mit.) Entre os gregos, Hera, irmã e mulher de Zeus

13. (Mit.) Vênus Citereia: o epíteto vem da ilha de Citera, entre o Peloponeso e Creta, onde havia um templo de Afrodite.

14. (Mit.) Quando os deuses se reuniram para o casamento de Peleu e Tétis – que geraram Aquiles –, Êris, a Discórdia, ofereceu um pomo de ouro à deusa mais bela (daí o "pomo da discórdia"). Zeus ordenou que Páris fizesse a escolha entre Atena, Hera e Afrodite.

15. (Mit.) Cada uma das deusas fez promessas para que fosse a escolhida. Páris escolheu Afrodite, que lhe prometeu o amor de Helena.

Vai-te, Amor, em vão socorres
Ao mais grato empenho meu:
Para formar-lhe o retrato
Não bastam tintas do céu.

Lira VIII

Marília, de que te queixas?
De que te roube Dirceu
O sincero coração?
Não te deu também o seu?
E tu, Marília, primeiro
Não lhe lançaste o grilhão?
Todos amam: só Marília
Desta Lei da Natureza
Queria ter isenção?

Em torno das castas pombas,
Não rulam ternos pombinhos?
E rulam, Marília, em vão?
Não se afagam c'os biquinhos?
E a provas de mais ternura
Não os arrasta a paixão?
Todos amam: só Marília
Desta Lei da Natureza
Queria ter isenção?

Já viste, minha Marília,
Avezinhas que não façam
Os seus ninhos no verão?
Aquelas, com quem se enlaçam,
Não vão cantar-lhes defronte
Do mole pouso em que estão?

Todos amam: só Marília
Desta Lei da Natureza
Queria ter isenção?

Se os peixes, Marília, geram
Nos bravos mares e rios,
Tudo efeitos de amor são.
Amam os brutos impios,
A serpente venenosa,
A Onça, o Tigre, o Leão.
Todos amam: só Marília
Desta Lei da Natureza
Queria ter isenção?

As grandes Deusas do Céu
Sentem a seta tirana
Da amorosa inclinação.
Diana, com ser Diana[16],
Não se abrasa, não suspira
Pelo amor de Endimião[17]?
Todos amam: só Marília
Desta Lei da Natureza
Queria ter isenção?

Desiste, Marília bela,
De uma queixa sustentada
Só na altiva opinião.

---

16. (Mit.) Entre os gregos, Ártemis, deusa da caça, virgem e avessa aos homens. Quem se apaixona pelo pastor Endimião é Selene, a Lua, mas é certo que, às vezes, Ártemis personificava Selene.

17. (Mit.) Selene convenceu Zeus a atender um pedido de Endimião e este escolheu o sono eterno, para conservar sua juventude.

Esta chama é inspirada
Pelo céu, pois nela assenta
A nossa conservação.
Todos amam: só Marília
Desta Lei da Natureza
Queria ter isenção?

Lira IX

Eu sou, gentil Marília, eu sou cativo;
Porém não me venceu a mão armada
De ferro e de furor:
Uma alma sobre todas elevada
Não cede a outra força que não seja
À tenra mão de Amor.

Arrastem pois os outros muito embora
Cadeias nas bigornas trabalhadas
Com pesados martelos:
Eu tenho as minhas mãos ao carro atadas
Com duros ferros não, com fios d'ouro,
Que são os teus cabelos.

Oculto nos teus meigos, vivos olhos,
Cupido a tudo faz tirana guerra,
Sacode a seta ardente;
E sendo despedida cá da terra,
As nuvens rompe, chega ao alto Empíreo,
E chega ainda quente.

As abelhas, nas asas suspendidas,
Tiram, Marília, os sucos saborosos
Das orvalhadas flores:
Pendentes dos teus beiços graciosos,
Ambrósias chupam, chupam mil feitiços
Nunca fartos Amores.

O vento, quando parte em largas fitas
As folhas, que meneia com brandura;
A fonte cristalina,
Que sobre as pedras cai de imensa altura,
Não forma um som tão doce, como forma
A tua voz divina.

Em torno dos teus peitos, que palpitam,
Exalam mil suspiros desvelados
Enxames de desejos;
Se encontram os teus olhos descuidados,
Por mais que se atropelem, voam, chegam,
E dão furtivos beijos.

O Cisne, quando corta o manso lago,
Erguendo as brancas asas e o pescoço;
A Nau, que ao longe passa,
Quando o vento lhe infuna o pano grosso,
O teu garbo não tem, minha Marília,
Não tem a tua graça.

Estimem pois os mais a liberdade;
Eu prezo o cativeiro, sim, nem chamo
À mão de Amor impia;

Honro a virtude, e teus dotes amo:
Também o grande Aquiles veste a saia,[18]
Também Alcides fia.[19]

Lira X

Se existe um peito,
Que isento viva
Da chama ativa,
Que acende Amor,
Ah! não habite
Neste montado,
Fuja apressado
Do vil traidor.

Corra, que o Ímpio
Aqui se esconde,
Não sei aonde,
Mas sei que o vi.
Traz novas setas,
Arco robusto;
Tremi de susto,
Em vão fugi.

Eu vou mostrar-vos,
Tristes mortais,

18. (Mit.) Ouvindo de um oráculo que seu filho Aquiles morreria numa guerra, Peleu, para evitar que participasse da expedição punitiva contra Troia, vestiu-o de mulher e o enviou à corte do Rei Licomedes, na ilha de Ciro, onde mais tarde Ulisses o descobriu.

19. (Mit.) Héracles, ou Hércules, descendente de Alceu, que em sua paixão por Onfale, rainha da Lídia, tornou-se seu escravo e fiava linho aos pés dela.

Quantos sinais
O ímpio tem.
    Oh! como é justo
Que todo o humano
Um tal tirano
Conheça bem!

No corpo ainda
Menino existe;
Mas quem resiste
Ao braço seu?
    Ao negro Inferno
Levou a guerra;
Venceu a terra,
Venceu o Céu.

Jamais se cobrem
Seus membros belos;
E os seus cabelos
Que lindos são!
    Vendados olhos,
Que tudo alcançam,
E jamais lançam
A seta em vão!

As suas faces
São cor da neve;
E a boca breve
Só risos tem.
    Mas, ah! respira
Negros venenos,
Que nem ao menos
Os olhos veem.

Aljava grande,
Dependurada,
Sempre atacada
De bons farpões.
  Fere com estas
Agudas lanças
Pombinhas mansas,
Bravos leões.

Se a seta falta,
Tem outra pronta,
Que a dura ponta
Jamais torceu.
  Ninguém resiste
Aos golpes dela:
Marília bela
Foi quem lha deu.

Ah! não sustente
Dura peleja
O que deseja
Ser vencedor!
  Fuja e não olhe,
Que só fugindo
De um rosto lindo
Se vence Amor.

Lira XI

Não toques, minha Musa, não, não toques
  Na sonorosa Lira,
Que às almas, como a minha, namoradas,

Doces canções inspira;
Assopra no clarim que, apenas soa,
Enche de assombro a terra;
Naquele, a cujo som cantou Homero[20],
Cantou Vergílio[21] a Guerra.
Busquemos, ó Musa,
Empresa maior;
Deixemos as ternas
Fadigas de Amor.

Eu já não vejo as graças, de que forma
Cupido o seu tesouro,
Vivos olhos e faces cor de neve,
Com crespos fios de ouro:
Meus olhos só veem gramas e loureiros;
Veem carvalhos e palmas;
Veem os ramos honrosos, que distinguem
As vencedoras almas.
Busquemos, ó Musa,
Empresa maior;
Deixemos as ternas
Fadigas de Amor.

Cantemos o Herói, que já no berço
As Serpes despedaça[22];
Que fere os Cacos, que destronca as Hidras,
Mais os leões, que abraça.
Cantemos, se isto é pouco, a dura guerra
Dos Titães e Tifeus,

20. Poeta épico grego (*c.* 700 a.C.), autor da *Ilíada* e da *Odisseia*.

21. Poeta épico romano (70-19 a.C.), autor da *Eneida*.

22. (Mit.) Héracles, aos oito meses de idade, matou duas serpentes que Hera colocara no berço onde dormia.

Que arrancam as montanhas, e atrevidos,
Levam armas aos céus.
Busquemos, ó Musa,
Empresa maior;
Deixemos as ternas
Fadigas de Amor.

Anima, pois, ó Musa, o instrumento,
Que a voz também levanto;
Porém tu deste muito acima o ponto,
Dirceu não pode tanto.
Abaixa, minha Musa, o tom que ergueste,
Eu já, eu já te sigo.
Mas, ah! vou a dizer *Herói e Guerra*,
E só *Marília* digo.
Deixemos, ó Musa,
Empresa maior;
Só posso seguir-te
Cantando de Amor.

Feres as cordas d'ouro? Ah! sim, agora
Meu canto já se afina,
E a humana voz parece que ao som delas
Se faz também divina.
O mesmo, que cercou de muro a Tebas[23],
Não canta assim tão terno;
Nem pode competir comigo aquele
Que desceu ao negro Inferno.
Deixemos, ó Musa,
Empresa maior;
Só posso seguir-te
Cantando de Amor.

23. (Mit.) Anfíon, um dos filhos de Zeus, que recebeu uma lira como presente de Hermes e depois foi rei em Tebas.

Mal repito *Marília*, as doces aves
Mostram sinais de espanto;
Erguem os colos, voltam as cabeças,
Param o ledo canto;
Move-se o tronco, o vento se suspende,
Pasma o gado, e não come.
Quanto podem meus versos! Quanto pode
Só de Marília o nome!
Deixemos, ó Musa,
Empresa maior;
Só posso seguir-te
Cantando de Amor.

Lira XII

Topei um dia
Ao Deus vendado,
Que, descuidado,
Não tinha as setas
Na ímpia mão.
Mal o conheço
Me sobe logo
Ao rosto o fogo,
Que a raiva acende
No coração.

Morre, tirano,
Morre inimigo!
Mal isto digo,
Raivoso o aperto
Nos braços meus.
Tanto que o moço

Sente apertar-se,
Para salvar-se
Também me aperta
Nos braços seus.

O leve corpo
Ao ser levanto;
Ah! e com quanto
Impulso o trago
Do ar ao chão!
Pôde suster-se
A vez primeira;
Mas à terceira,
Nos pés, que alarga,
Se firma em vão.

Mal o derrubo,
Ferro aguçado
No já cansado
Peito, que arqueja,
Mil golpes deu.
Suou seu corpo;
Tremeu gemendo;
E a cor perdendo,
Bateu as asas;
Enfim, morreu.

Qual bravo Alcides,
Que a hirsuta pele
Vestiu daquele
Grenhoso bruto,
A quem matou,[24]

24. (Mit.) Héracles, que depois de estrangular o leão da Nemeia, esfolou-o e vestiu sua pele, passando a usar a cabeça da fera como capacete.

Para que prove
A empresa honrada
Co'a mão manchada,
Recolho as setas,
Que me deixou.

Ouviu Marília
Que Amor gritava,
E como estava
Vizinha ao sítio,
Valer-lhe vem.
Mas quando chega
Espavorida,
Nem já de vida
O fero monstro
Indício tem.

Então Marília,
Que o vê de perto,
De pó coberto,
E todo envolto
No sangue seu,
As mãos aperta
No peito brando,
E aflita dando
Um ai, os olhos
Levanta ao Céu.

Chega-se a ele,
Compadecida;
Lava a ferida
C'o pranto amargo,
Que derramou.

Então o monstro
Dando um suspiro,
Fazendo um giro,
Co'a baça vista,
Ressuscitou.

Respira a Deusa;
E vem o gosto
Fazer no rosto
O mesmo efeito,
Que fez a dor.
Que louca ideia
Foi a que tive!
Enquanto vive
Marília bela
Não morre Amor.

Lira XIII

Oh! quantos riscos,
Marília bela,
Não atropela
Quem cego arrasta
Grilhões de Amor!
Um peito forte,
De acordo falto,
Zomba do assalto,
Do vil traidor.

O amante de Hero
Da luz guiado,
C'o peito ousado,

Na escura noite
Rompia o mar.
    Se o Helesponto
Se encapelava,
Ah! não deixava
De lhe ir falar.[25]

Do cantor Trácio[26]
A heroicidade,
Esta verdade,
Minha Marília,
Prova também:
    Cheio de esforço
Vai ao Cocito[27]
Buscar aflito
Seu doce bem.

Que ação tão grande,
Nunca intentada!
Ao pé da entrada
Já tudo assusta
O coração:
    Pendentes rochas
Campos adustos,
Que nem arbustos,
Nem ervas dão.

---

25. (Mit.) Hero, moradora da cidade de Sesto, tornou-se amante de Leandro, morador de Ábidos, na margem oposta do Helesponto (Estreito de Dardanelos). Todas as noites Leandro atravessava o Helesponto a nado para ver a namorada, orientado por uma tocha que ela acendia no alto de uma torre. Numa noite de tempestade, a tocha se apagou e Leandro, desorientado, morreu no mar. De manhã, ao ver o corpo de Leandro trazido pelas águas, Hero suicidou-se, lançando-se da torre.

26. (Mit.) Orfeu, que foi ao inferno em busca de sua mulher, Eurídice.

27. (Mit.) Cócito, um dos rios do inferno, afluente do Aqueronte.

Na funda fralda
De calvo monte,
Corre Aqueronte[28],
Rio de ardente,
Mortal licor.
        Tem o barqueiro[29]
Testa enrugada,
Vista inflamada
Que mete horror.

Que seguranças!
Que fechaduras!
As portas duras
Não são de lenhos;
De ferro são.
        Por três gargantas,
Quando alguém bate,
Raivoso late
O negro cão.[30]

Dentro da cova
Soam lamentos;
E que tormentos
Não mostra aos olhos
A escassa luz!
        Minos[31] a pena

---

28. *v.* nota 27

29. (Mit.) Cáron, que transportava as almas na travessia do Aqueronte.

30. (Mit.) O cão Cérbero, de três cabeças, era o guardião da porta do inferno.

31. (Mit.) Rei de Creta, que civilizou com sábias leis. Sua fama de legislador o levou a ser considerado um dos três juízes que, no inferno, julgavam as almas.

Manda se intime
Igual ao crime,
Que ali conduz.

Grande penedo
Este carrega;
E apenas chega
Do monte ao cume,
O faz rolar.
A pedra sempre
Ao vale desce,
Sem que ele cesse
De a ir buscar.[32]

Nas limpas águas
Habita aquele;
Por cima dele
Verdejam ramos,
Que pomos dão.
Debalde a boca
Molhar pertende;
Debalde estende
Faminta mão.[33]

Tem outro o peito
Despedaçado:
Monstro esfaimado
Jamais descansa
De lho roer.

---

32. (Mit.) Alusão do rei de Corinto, Sísifo, e ao suplício que lhe impôs o deus dos deuses.

33. (Mit.) Alusão ao suplício de Tântalo, imposto pelos deuses para castigar suas inconfidências.

A roxa carne,
Que o abutre come,
Não se consome,
Torna a crescer.[34]

Mas, bem que tudo
Pavor inspira,
Tocando a lira
Desce ao Averno[35]
O bom Cantor.
Não se entorpece
A língua e braço;
Não treme o passo,
Não perde a cor.

Ah! também quanto
Dirceu obrara,
Se precisara
Marília bela
Do esforço seu!
Rompera os mares
C'o peito terno,
Fora ao Inferno,
Subira ao Céu.

Aos dois amantes,
De Trácia e Abido[36],
Não deu Cupido
Do que aos mais todos

34. (Mit.) Alusão ao suplício de Tício, imposto por Zeus pelo atentado cometido contra uma de suas mulheres (Latona).

35. (Mit.) Lago do inferno, que Gonzaga designa como o próprio inferno.

36. *v.* notas 25 e 26.

Maior valor.
Por seus vassalos
Forças reparte,
Como lhes parte
Os graus de Amor.

Lira XIV

Minha bela Marília, tudo passa;
A sorte deste mundo é mal segura;
Se vem depois dos males a ventura,
Vem depois dos prazeres a desgraça.
Estão os mesmos Deuses
Sujeitos ao poder do ímpio Fado:
Apolo já fugiu do Céu brilhante,
Já foi Pastor de gado.[37]

A devorante mão da negra Morte
Acaba de roubar o bem que temos;
Até na triste campa não podemos
Zombar do braço da inconstante sorte;
Qual fica no Sepulcro,
Que seus avós ergueram, descansado;
Qual no campo, e lhe arranca os frios ossos
Ferro do torto arado.

Ah! enquanto os Destinos impiedosos
Não voltam contra nós a face irada,
Façamos, sim, façamos, doce amada,

37. (Mit.) Expulso do Olimpo por ter desafiado a autoridade de Zeus, Apolo refugiou-se na corte do Rei Admeto, na Tessália, onde foi boiadeiro.

Os nossos breves dias mais ditosos.
Um coração que, frouxo,
A grata posse de seu bem difere,
A si, Marília, a si próprio rouba,
E a si próprio fere.

Ornemos nossas testas com as flores
E façamos de feno um brando leito;
Prendamos-nos, Marília, em laço estreito,
Gozemos do prazer de sãos Amores.
Sobre as nossas cabeças,
Sem que o possam deter, o tempo corre;
E para nós o tempo, que se passa,
Também, Marília, morre.

Com os anos, Marília, o gosto falta,
E se entorpece o corpo já cansado;
Triste, o velho cordeiro está deitado,
E o leve filho sempre alegre salta.
A mesma formosura
E dote que só goza a mocidade:
Rugam-se as faces, o cabelo alveja,
Mal chega a longa idade.

Que havemos d'esperar, Marília bela?
Que vão passando os florescentes dias?
As glórias, que vêm tarde, já vêm frias;
E pode enfim mudar-se a nossa estrela.
Ah! não, minha Marília,
Aproveite-se o tempo, antes que faça
O estrago de roubar ao corpo as forças,
E ao semblante a graça.

Lira XV

A minha bela Marília
Tem de seu um bom tesouro;
Não é, doce Alceu, formado
Do buscado
Metal louro;
É feito de uns alvos dentes,
É feito de uns olhos belos,
De umas faces graciosas,
De crespos, finos cabelos,
E de outras graças maiores,
Que a natureza lhe deu:
Bens que valem sobre a terra,
E que têm valor no Céu.

Eu posso romper os montes,
Dar às correntes desvios,
Pôr cercados espaçosos
Nos caudosos,
Turvos rios.
Posso emendar a ventura
Ganhando, astuto, a riqueza;
Mas, ah! caro Alceu, quem pode
Ganhar uma só beleza
Das belezas que Marília
No seu tesouro meteu?
Bens que valem sobre a terra,
E que têm valor no Céu.

Da sorte que vive o rico,
Entre o fausto, alegremente,
Vive o guardador de gado,

Apoucado,
Mas contente.
Beije pois torpe avarento
As arcas, de barras cheias;
Eu não beijo os vis tesouros;
Beijo as douradas cadeias,
Beijo as setas, beijo as armas
Com que o cego Amor venceu:
Bens que valem sobre a terra,
E que têm valor no Céu.

Ama Apolo, o fero Marte[38],
Ama, Alceu, o mesmo Jove:
Não é, não, a vã riqueza,
Sim beleza,
Quem os move.
Posto ao lado de Marília,
Mais que mortal me contemplo;
Deixo os bens, que aos homens cegam,
Sigo dos Deuses o exemplo:
Amo virtudes e dotes;
Amo, enfim, prezado Alceu,
Bens que valem sobre a terra,
E que têm valor no Céu.

Lira XVI

Eu, Glauceste, não duvido
Ser a tua Eulina amada
Pastora formosa,
Pastora engraçada.

38. (Mit.) Entre os gregos, Ares, deus da guerra.

Vejo a sua cor de rosa,
Vejo o seu olhar divino,
Vejo os seus purpúreos beiços,
Vejo o peito cristalino;
Nem há cousa que assemelhe
Ao crespo cabelo louro.
Ah! que a tua Eulina vale,
Vale um imenso tesouro!

Ela vence muito e muito
À laranjeira copada,
            Estando de flores
            E frutos ornada.
E, Glauceste, os teus Amores;
E nem por outra Pastora,
Que menos dotes tivera,
Ou que menos bela fora,
O meu Glauceste cansava
As divinas cordas de ouro.
Ah! que a tua Eulina vale,
Vale um imenso tesouro!

Sim, Eulina é uma Deusa;
Mas anima a formosura
            De uma alma de fera
            Ou inda mais dura.
Ah! quando Alceu pondera
Que o seu Glauceste suspira,
Perde, perde o sofrimento,
E qual enfermo delira!
Tenha embora brancas faces,
Meigos olhos, fios de ouro,
A tua Eulina não vale,
Não vale imenso tesouro.

O fuzil, que imita a cobra,
Também aos olhos é belo;
Mas quando alumeia,
Tu tremes de vê-lo.
Que importa se mostre cheia
De mil belezas a ingrata?
Não se julga formosura
A formosura que mata.
Evita, Glauceste, evita
O teu estrago e desdouro;
A tua Eulina não vale,
Não vale imenso tesouro.

A minha Marília quanto
À natureza não deve!
Tem divino rosto
E tem mãos de neve.
Se mostro na face o gosto,
Ri-se Marília, contente:
Se canto, canta comigo;
E apenas triste me sente,
Limpa os olhos com as tranças
Do fino cabelo louro.
A minha Marília vale,
Vale um imenso tesouro.

Lira XVII

Minha Marília,
Tu enfadada?
Que mão ousada
Perturbar pode

A paz sagrada
Do peito teu?
            Porém que muito
Que irado esteja
O teu semblante,
Também troveja
O claro céu.

Eu sei, Marília,
Que outra Pastora
A toda a hora,
Em toda a parte,
Cega namora
Ao teu Pastor.
            Há sempre fumo
Aonde há fogo:
Assim, Marília,
Há zelos, logo,
Que existe amor.

Olha, Marília,
Na fonte pura
A tua alvura,
A tua boca
E a compostura
Das mais feições.
            Quem tem teu rosto
Ah! não receia
Que terno amante
Solte a cadeia,
Quebre os grilhões.

Não anda Laura
Nestas campinas
Sem as boninas
No seu cabelo,
Sem peles finas
No seu jubão.
Porém que importa?
O rico asseio
Não dá, Marília,
Ao rosto feio
A perfeição.

Quando apareces
Na madrugada,
Mal embrulhada
Na larga roupa,
E desgrenhada,
Sem fita ou flor;
Ah! que então brilha
A natureza!
Então se mostra
Tua beleza
Inda maior.

O céu formoso,
Quando alumia
O sol de dia,
Ou estrelado,
Na noite fria,
Parece bem.
Também tem graça
Quando amanhece;
Até, Marília,

Quando anoitece
Também a tem.

Que tens, Marília,
Que ela suspire,
Que ela delire,
Que corra os vales,
Que os montes gire,
Louca de amor?
          Ela é que sente
Esta desdita;
E na repulsa
Mais se acredita
O teu pastor.

Quando há, Marília,
Alguma festa
Lá na floresta,
(Fala a verdade!)
Dança com esta
O bom Dirceu?
          E se ela o busca,
Vendo buscar-se,
Não se levanta,
Não vai sentar-se
Ao lado teu?

Quando um por outro
Na rua passa,
Se ela diz graça
Ou muda o gesto,
Esta negaça
Faz-lhe impressão?

Se está fronteira,
E brandamente
Lhe fita os olhos,
Não põe prudente
Os seus no chão?

Deixa o ciúme,
Que te desvela,
Marília bela;
Nunca receies
Dano daquela
Que igual não for.
Que mais desejas?
Tens lindo aspecto;
Dirceu se alenta
De puro afecto,
De pundonor.

Lira XVIII

Não vês aquele velho respeitável,
Que, à muleta encostado,
Apenas mal se move e mal se arrasta?
Oh! quanto estrago não lhe fez o tempo,
O tempo arrebatado,
Que o mesmo bronze gasta!

Enrugaram-se as faces e perderam
Seus olhos a viveza;
Voltou-se o seu cabelo em branca neve;
Já lhe treme a cabeça, a mão, o queixo,
Nem tem uma beleza
Das belezas que teve.

Assim também serei, minha Marília,
Daqui a poucos anos,
Que o ímpio tempo para todos corre.
Os dentes cairão, e os meus cabelos.
Ah! sentirei os danos,
Que evita só quem morre.

Mas sempre passarei uma velhice
Muito menos penosa.
Não trarei a muleta carregada:
Descansarei o já vergado corpo
Na tua mão piedosa,
Na tua mão nevada.

As frias tardes, em que negra nuvem
Os chuveiros não lance,
Irei contigo ao prado florescente:
Aqui me buscarás um sítio ameno,
Onde os membros descanse,
E ao brando Sol me aquente.

Apenas me sentar, então, movendo
Os olhos por aquela
Vistosa parte, que ficar fronteira,
Apontando direi: *Ali falamos,*
Ali, ó minha bela,
Te vi a vez primeira.

Verterão os meus olhos duas fontes,
Nascidas de alegria;
Farão teus olhos ternos outro tanto;
Então darei, Marília, frios beijos
Na mão formosa e pia,
Que me limpar o pranto.

Assim irá, Marília, docemente
Meu corpo suportando
Do tempo desumano a dura guerra.
Contente morrerei, por ser Marília
Quem, sentida, chorando,
Meus baços olhos cerra.

Lira XIX

Enquanto pasta alegre o manso gado,
Minha bela Marília, nos sentemos
À sombra deste cedro levantado.
Um pouco meditemos
Na regular beleza,
Que em tudo quanto vive nos descobre
A sábia Natureza.

Atende como aquela vaca preta
O novilhinho seu dos mais separa,
E o lambe, enquanto chupa a lisa teta.
Atende mais, ó cara,
Como a ruiva cadela
Suporta que lhe morda o filho o corpo,
E salte em cima dela.

Repara como, cheia de ternura,
Entre as asas ao filho essa ave aquenta,
Como aquela esgravata a terra dura,
E os seus assim sustenta;
Como se encoleriza,
E salta sem receio a todo o vulto,
Que junto deles pisa.

Que gosto não terá a esposa amante,
Quando der ao filhinho o peito brando,
E refletir então no seu semblante!
Quando, Marília, quando
Disser consigo: *É esta*
De teu querido pai a mesma barba,
A mesma boca e testa.

Que gosto não terá a mãe, que toca,
Quando o tem nos seus braços, c'o dedinho
Nas faces graciosas e na boca
Do inocente filhinho!
Quando, Marília bela,
O tenro infante já com risos mudos
Começa a conhecê-la!

Que prazer não terão os pais, ao verem
Com as mães um dos filhos abraçados;
Jogar outros na luta, outros correrem
Nos cordeiros montados!
Que estado de ventura!
Que até naquilo, que de peso serve,
Inspira Amor doçura.

Lira XX

Em uma frondosa
Roseira se abria
Um negro botão.
Marília adorada
O pé lhe torcia
Com a branca mão.

Nas folhas viçosas
A abelha enraivada
O corpo escondeu.
Tocou-lhe Marília,
Na mão descuidada
A fera mordeu.

Apenas lhe morde,
Marília, gritando,
C'o dedo fugiu.
Amor, que no bosque
Estava brincando,
Aos ais acudiu.

Mal viu a rotura
E o sangue espargido,
Que a Deusa mostrou
Risonho, beijando
O dedo ofendido,
Assim lhe falou:

Se tu por tão pouco
O pranto desatas,
Ah! dá-me atenção:
E como daquele
Que feres e matas
Não tens compaixão?

Lira XXI

Não sei, Marília, que tenho,
Depois que vi o teu rosto,

Pois quanto não é Marília
Já não posso ver com gosto.
Noutra idade me alegrava
Até quando conversava
Com o mais rude vaqueiro:
Hoje, ó bela, me aborrece
Inda o trato lisonjeiro
Do mais discreto pastor.
Que efeitos são os que sinto?
Serão efeitos de Amor?

Saio da minha cabana
Sem reparar no que faço;
Busco o sítio aonde moras,
Suspendo defronte o passo.
Fito os olhos na janela
Aonde, Marília bela,
Tu chegas ao fim do dia;
Se alguém passa e te saúda,
Bem que seja cortesia,
Se acende na face a cor.
Que efeitos são os que sinto?
Serão efeitos de Amor?

Se estou, Marília, contigo,
Não tenho um leve cuidado;
Nem me lembra se são horas
De levar à fonte o gado.
Se vivo de ti distante,
Ao minuto, ao breve instante
Finge um dia o meu desgosto;
Jamais, Pastora, te vejo
Que em teu semblante composto

Não veja graça maior.
Que efeitos são os que sinto?
Serão efeitos de Amor?

Ando já com o juízo,
Marília, tão perturbado,
Que no mesmo aberto sulco
Meto de novo o arado.
Aqui no centeio pego,
Noutra parte em vão o sego;
Se alguém comigo conversa,
Ou não respondo, ou respondo
Noutra coisa tão diversa,
Que nexo não tem menor.
Que efeitos são os que sinto?
Serão efeitos de Amor?

Se geme o bufo agoureiro,
Só Marília me desvela,
Enche-se o peito de mágoa,
E não sei a causa dela.
Mal durmo, Marília, sonho
Que fero leão medonho
Te devora nos meus braços:
Gela-se o sangue nas veias,
E solto do sono os laços
À força da imensa dor.
Ah! que os efeitos que sinto
Só são efeitos de Amor!

Lira XXII

Muito embora, Marília, muito embora
Outra beleza, que não seja a tua,
Com a vermelha roda, a seis puxada,
Faça tremer a rua;

As paredes da sala aonde habita
Adorne a seda e o tremó dourado;
Pendam largas cortinas, penda o lustre
Do teto apainelado,

Tu não habitarás Palácios grandes,
Nem andarás nos coches voadores;
Porém terás um Vate que te preze,
Que cante os teus louvores.

O tempo não respeita a formosura;
E da pálida morte a mão tirana
Arrasa os edifícios dos Augustos,
E arrasa a vil choupana.

Que belezas, Marília, floresceram,
De quem nem sequer temos a memória!
Só podem conservar um nome eterno
Os versos, ou a história.

Se não houvesse Tasso[39], nem Petrarca[40],
Por mais que qualquer delas fosse linda,

39. Torquato Tasso (1544-1595), poeta italiano.
40. Francesco Petrarca (1304-1374), poeta italiano.

Já não sabia o mundo se existiram
Nem Laura[41], nem Clorinda[42].

É melhor, minha bela, ser lembrada
Por quantos hão de vir sábios humanos,
Que ter urcos, ter coches e tesouros,
Que morrem com os anos.

Lira XXIII

Num sítio ameno,
Cheio de rosas,
De brancos lírios,
Murtas viçosas,
Dos seus amores
Na companhia,
Dirceu passava
Alegre o dia.

Em tom de graça,
Ao terno amante
Manda Marília
Que toque e cante.

Pega na lira,
Sem que a tempere,
A voz levanta,
E as cordas fere.

---

41. Laura de Noves (1308-1348), ou simplesmente Laura, dama celebrada por Petrarca em *Canzoniere*.

42. Heroína de Tasso em *Jerusalém libertada*, amada de Tancredo.

C'os doces pontos
A mão atina,
E a voz iguala
À voz divina.

Ela, que teve
De rir-se a ideia,
Nem move os olhos,
De assombro cheia.

Então Cupido
Aparecendo,
À bela fala,
Assim dizendo:

Do teu amado
A lira fias,
Só por que dele
Zombando rias?

Quando num peito
Assento faço,
Do peito subo
À lingua e braço.

Nem creias que outro
Estilo tome,
Sendo eu o mestre,
A ação teu nome.

Lira XXIV

Encheu, minha Marília, o grande Jove
De imensos animais de toda a espécie
As terras, mais os ares,
O grande espaço dos salobres rios,
Dos negros, fundos mares.
Para sua defesa,
A todos deu as armas, que convinha,
A sábia Natureza.

Deu as asas aos pássaros ligeiros,
Deu ao peixe escamoso as barbatanas;
Deu veneno à serpente,
Ao membrudo elefante a enorme tromba,
E ao javali o dente.
Coube ao leão a garra;
Com leve pé saltando o cervo foge;
E o bravo touro marra.

Ao homem deu as armas do discurso,
Que valem muito mais que as outras armas;
Deu-lhe dedos ligeiros,
Que podem converter em seu serviço
Os ferros e os madeiros,
Que tecem fortes laços,
E forjam raios, com que aos brutos cortam
Os voos, mais os passos.

Às tímidas donzelas pertenceram
Outras armas, que têm dobrada força:
Deu-lhes a Natureza,
Além do entendimento, além dos braços,

As armas da beleza.
Só ela ao Céu se atreve,
Só ela mudar pode o gelo em fogo,
Mudar o fogo em neve.

Eu vejo, eu vejo ser a formosura
Quem arrancou da mão de Coriolano[43]
A cortadora espada.
Vejo que foi de Helena[44] o lindo rosto
Quem pôs em campo, armada,
Toda a força da Grécia.
E quem tirou o Cetro aos Reis de Roma,
Só foi, só foi Lucrécia[45].

Se podem lindos rostos, mal suspiram,
O braço desarmar do mesmo Aquiles[46];
Se estes rostos irados
Podem soprar o fogo da discórdia
Em povos aliados,
És árbitra da terra:
Tu podes dar, Marília, a todo o mundo
A paz, e a dura guerra.

---

43. General romano do século V a.C. Exilado de Roma a despeito de seus serviços à cidade, aliou-se aos inimigos e voltou-se contra ela, mas suspendeu a invasão a pedido da mãe e da esposa. Este momento está perpetuado em *Coriolano*, de Shakespeare, Ato V, Cena III.

44. (Mit.) Helena, esposa de Menelau, rei de Esparta, levada por Páris a Troia, é o pivô da guerra que, em parte, é narrada na *Ilíada*.

45. Dama romana que se suicidou em 509 a.C., depois de ter sido ultrajada por um filho de Tarquínio, o Soberbo. O incidente deflagrou a derrubada da realeza em Roma. Não confundir com a também romana Lucrécia Bórgia (1480-1519).

46. (Mit.) Durante a guerra de Troia (*Ilíada*), Aquiles desiste de lutar porque o chefe aqueu, Agamênon, toma-lhe uma escrava troiana, Briseida. Sua desistência leva os aqueus a sucessivas derrotas diante dos troianos comandados por Heitor.

Lira XXV

O cego Cupido um dia
Com os seus Gênios falava
Do modo que lhe restava
De cativar a Dirceu.
Depois de larga disputa,
Um dos Gênios mais sagazes
Este conselho lhe deu:

As setas mais aguçadas,
Como se em rocha batessem,
Dão nos seus peitos e descem
Todas quebradas ao chão.
Só as graças de Marília
Podem vencer um tão duro,
Tão isento coração.

A fortuna desta empresa
Consiste em armar-se o laço,
Sem que sinta ser o braço,
Que lho prepara, de Amor:
Que ele vive como as aves,
Que já deixaram as penas
No visco do Caçador.

Na força deste conselho
O raivoso Deus sossega,
E à tropa a honra entrega
De o fazer executar.
Todos pretendem ganhá-la;
Batem as asas ligeiros,
E vão as armas buscar.

Os primeiros se ocultaram
Da Deusa nos olhos belos;
Qual se enlaçou nos cabelos,
Qual às faces se prendeu.
Um amorinho cansado
Caiu dos lábios ao seio,
E nos peitos se escondeu.

Outro Gênio mais astuto
Este novo ardil alcança:
Muda-se numa criança
De divino parecer;
Esconde as asas e a venda:
Esconde as setas e quanto
Pode dá-lo a conhecer.

Ela, que vê um menino
Todo de graças coberto,
Tão risonho e tão esperto
Ali sozinho brincar,
A ele endireita os passos;
Finge Amor ter medo, e a Deusa
Mais se empenha em lhe pegar.

Ela corria chamando;
Ele fugia e chorava:
Assim foram onde estava
O descuidado Pastor.
Este, mal viu a beleza
E o gentil menino, entende
A malícia do traidor.

Põe as mãos sobre os ouvidos,
Cerra os olhos e, constante,

Não quer ver o seu semblante,
Não o quer ouvir falar.
Qual Ulisses[47] noutra idade
Para iludir as Sereias
Mandou tambores tocar.

Cupido, que a empresa via,
Julga o intento frustrado,
E de raiva transportado
O corpo no chão lançou.
Traçou a língua nos dentes;
Meteu as unhas no rosto,
E os cabelos arrancou.

O Gênio, que se escondia
Entre os peitos da Pastora,
Ergueu a cabeça fora
E o sucesso conheceu.
Deixa o sossego em que estava,
E vai ligeiro meter-se
No peito do bom Dirceu.

Apenas c'o brando peito
Lhe tocou a neve fria,
Com o calor que trazia
Lhe abrasou o coração.
Dá o Pastor um suspiro,
Abre os seus olhos e solta
do apertado ouvido a mão.

---

47. Alusão a uma passagem da *Odisseia*, que narra o regresso de Odisseu (Ulisses) a Ítaca, depois da guerra contra Troia.

Logo que viram os Gênios
Ao triste Pastor disposto
Para ver o lindo rosto,
Para as palavras ouvir,
Cada um as armas toma,
Cada um com elas busca
Seu terno peito ferir.

Com os cabelos da Deusa
Lhe forma um Cupido laços,
Que lhe seguram os braços,
Como se fossem grilhões.
O pastor já não resiste;
Antes beija satisfeito
As suas doces prisões.

Lira XXVI

O destro Cupido um dia
Extraiu mimosas cores
De frescos lírios e rosas,
De jasmins e de outras flores.

Com as mais delgadas penas
Usa de uma e de outra tinta,
E nos ângulos do cobre
A quatro belezas pinta.

Por fazer pensar a todos,
No seu liso centro escreve
Um letreiro, que pergunta:
Este espaço a quem se deve?

Vênus, que viu a pintura,
E leu a letra engenhosa,
Pôs por baixo: Eu dele cedo;
Dê-se a Marília formosa.

Lira XXVII

Alexandre, Marília, qual o rio,
Que engrossando no Inverno tudo arrasa,
Na frente das coortes
Cerca, vence, abrasa
As Cidades mais fortes.
Foi na glória das armas o primeiro;
Morreu na flor dos anos, e já tinha
Vencido o mundo inteiro.[48]

Mas este bom Soldado, cujo nome
Não há poder algum que não abata,
Foi, Marília, somente
Um ditoso pirata,
Um salteador valente.
Se não tem uma fama baixa e escura,
Foi por se pôr ao lado da injustiça
A insolente ventura.

O grande César, cujo nome voa,
À sua mesma Pátria a fé quebranta;
Na mão a espada toma,
Oprime-lhe a garganta,
Dá Senhores a Roma.

48. Alexandre Magno (356-323 a.C.), rei da Macedônia.

Consegue ser herói por um delito;
Se acaso não vencesse, então seria
    Um vil traidor proscrito.[49]

O ser herói, Marília, não consiste
Em queimar os Impérios: move a guerra,
    Espalha o sangue humano,
    E despovoa a terra
    Também o mau tirano.
Consiste o ser herói em viver justo:
E tanto pode ser herói o pobre,
    Como o maior Augusto.

Eu é que sou herói, Marília bela,
Seguindo da virtude a honrosa estrada:
    Ganhei, ganhei um trono,
    Ah! não manchei a espada,
    Não o roubei ao dono!
Ergui-o no teu peito e nos teus braços:
E valem muito mais que o mundo inteiro
    Uns tão ditosos laços.

Aos bárbaros, injustos vencedores
Atormentam remorsos e cuidados;
    Nem descansam seguros
    Nos Palácios, cercados
    De tropa e de altos muros.
E a quantos nos não mostra a sábia História
A quem mudou o fado em negro opróbrio
    A mal ganhada glória!

---

49. Caio Júlio César (101-44 a.C.), estadista e general romano, depois ditador e cônsul vitalício.

Eu vivo, minha bela, sim, eu vivo
Nos braços do descanso, e mais do gosto:
Quando estou acordado,
Contemplo no teu rosto,
De graças adornado;
Se durmo, logo sonho e ali te vejo.
Ah! nem desperto nem dormindo sobe
A mais o meu desejo!

Lira XXVIII

Cupido, tirando
Dos ombros a aljava,
Num campo de flores
Contente brincava.

E o corpo tenrinho
Depois, enfadado,
Incauto reclina
Na relva do prado.

Marília formosa,
Que ao Deus conhecia,
Oculta espreitava
Quanto ele fazia.

Mal julga que dorme
Se chega contente,
As armas lhe furta,
E o Deus a não sente.

Os Faunos, mal viram
As armas roubadas,
Saíram das grutas
Soltando risadas.

Acorda Cupido,
E a causa sabendo,
A quantos o insultam
Responde, dizendo:

Temíeis as setas
Nas minhas mãos cruas?
Vereis o que podem
Agora nas suas.

Lira XXIX

O tirano amor risonho
Me aparece, e me convida
Para que seu jugo aceite;
E quer que eu passe em deleite
O resto da triste vida.

O sonoro Anacreonte[50]
(Astuto, o moço dizia)
Já perto da morte estava,
Inda de amores cantava,
Por isso alegre vivia.

50. Poeta grego (séc. VI a.C.), cujos versos celebravam os prazeres da vida.

Aos negros, duros pesares
Não resiste um peito fraco,
Se Amor o não fortalece;
O mesmo Jove carece
De Cupido, e mais de Baco[51].

Eu lhe respondo: *Perjuro,*
Nada creio do que dizes!
Porque já te fui sujeito,
Inda conservo no peito
Estas frescas cicatrizes.

Se o mundo conhece males,
Tu os maiores fizeste,
Sim, tu a Troia queimaste,[52]
Tu a Cartago abrasaste,[53]
E tu a Antônio perdeste.[54]

Amor, vendo que da oferta
Algum apreço não faço,
Me diz afoito que trate
De ir com ele a combate,
Peito a peito, braço a braço.

---

51. (Mit.) Entre os gregos, Dionísio, deus do vinho e dos delírios místicos.

52. *v.* nota 44.

53. (Mit.) Dido, rainha de Cartago, suicidou-se no alto de uma pira, deitando-se sobre a espada, quando foi abandonada pelo troiano Enéas (*Eneida*, IV). Enéas, de seu barco, vê a cidade consumida pelo fogo.

54. Marco Antônio, por amor a Cleópatra, torna-se inimigo de Roma e é derrotado por Otávio em Ácio (31 a.C.).

Vou buscar as minhas armas:
Cinjo primeiro que tudo
O brilhante arnês, e à pressa
Ponho um elmo na cabeça,
Tomo a lança e o grosso escudo.

Mal no Campo me apresento,
Marília (ó Céus!) me aparece:
Logo que os olhos me fita,
O meu coração palpita,
A minha mão desfalece.

Então me diz o tirano:
Confessa, louco, o teu erro;
Contra as armas da beleza
Não vale a externa defesa
Dessa armadura de ferro.

Lira XXX

Junto a uma clara fonte
A mãe de Amor se sentou;
Encostou na mão o rosto,
No leve sono pegou.

Cupido, que a viu de longe,
Contente ao lugar correu;
Cuidando que era Marília,
Na face um beijo lhe deu.

Acorda Vênus irada:
Amor a conhece; e então

Da ousadia, que teve,
Assim lhe pede o perdão:

Foi fácil, ó mãe formosa,
Foi fácil o engano meu;
Que o semblante de Marília
É todo o semblante teu.

Lira XXXI

Minha Marília,
Se tens beleza,
Da natureza
É um favor.
Mas se aos vindouros
Teu nome passa,
É só por graça
Do Deus de amor,
Que, terno, inflama
A mente, o peito
Do teu Pastor.

Em vão se viram
Perlas mimosas,
Jasmins e rosas
No rosto teu.
Em vão terias
Essas estrelas
E as tranças belas,
Que o Céu te deu,
Se em doce verso
Não as cantasse
O bom Dirceu.

O voraz tempo
Ligeiro corre;
Com ele morre
A perfeição.
Essa que o Egito,
Sábia, modera,
De Marco impera
No coração;
Mas já Otávio
Não sente a força
Do seu grilhão.[55]

Ah! vem, ó bela,
E o teu querido,
Ao Deus Cupido
Louvores dar!
Pois faz que todos
Com igual sorte
Do tempo e morte
Possam zombar:
Tu por formosa,
E ele, Marília,
Por te cantar.

Mas ai! Marília,
Que de um amante,
Por mais que cante,
Glória não vem!
Amor se pinta
Menino, e cego:
No doce emprego

55. Alusão à idade de Cleópatra, que já não possuía o mesmo fascínio.

Do caro bem
Não vê defeitos,
E aumenta quantas
Belezas tem.

Nenhum dos Vates,
Em teu conceito,
Nutriu no peito
Néscia paixão?
Todas aquelas,
Que vês cantadas,
Foram dotadas
De perfeição?
Foram queridas;
Porém formosas
Talvez que não.

Porém que importa
Não valha nada
Seres cantada
Do teu Dirceu?
Tu tens, Marília,
Cantor celeste;
O meu Glauceste
A voz ergueu:
Irá teu nome
Aos fins da Terra,
E ao mesmo Céu.

Quando nas asas
Do leve vento
Ao firmamento
Teu nome for.

Mostrando Jove
Graça extremosa,
Mudando a Esposa
De inveja a cor;
De todos há de,
Voltando o rosto,
Sorrir-se Amor.

Ah! não se manche
Teu brando peito
Do vil defeito
Da ingratidão!
Os versos beija,
Gentil Pastora,
A pena adora,
Respeita a mão,
A mão discreta,
Que te segura
A duração.

Lira XXXII

Numa noite, sossegado,
Velhos papéis revolvia,
E por ver de que tratavam
Um por um a todas lia.

Eram cópias emendadas
De quantos versos melhores
Eu compus na tenra idade
A meus diversos amores.

Aqui leio justas queixas
Contra a ventura formadas,
Leio excessos mal aceitos,
Doces promessas quebradas.

Vendo sem-razões tamanhas,
Eu exclamo, transportado:
Que finezas tão mal feitas,
Que tempo tão mal passado!

Junto pois num grande monte
Os soltos papéis, e logo,
Por que relíquias não fiquem,
Os intento pôr no fogo.

Então vejo que o Deus cego,
Com semblante carregado,
Assim me fala e crimina
O meu intento acertado:

Queres queimar esses versos?
Dize, Pastor atrevido,
Essas Liras não te foram
Inspiradas por Cupido?

Achas que de tais amores
Não deve existir memória?
Sepultando esses triunfos,
Não roubas a minha glória?

Disse Amor; e mal se cala,
Nos seus ombros a mão pondo,
Com um semblante sereno,
Assim à queixa respondo:

Depois, Amor, de me dares
A minha Marília bela,
Devo guardar umas Liras,
Que não são em honra dela?

E que importa, Amor, que importa
Que a estes papéis destrua?
Se é tua esta mão, que os rasga,
Se a chama, que os queima, é tua?

Apenas Amor me escuta,
Manda que os lance nas brasas;
E ergue a chama c'o vento,
Que formou, batendo as asas.

Lira XXXIII

Pega na lira sonora,
Pega, meu caro Glauceste;
E ferindo as cordas de ouro,
Mostra aos rústicos Pastores
A formosura celeste
De Marília, meus amores.
Ah! pinta, pinta
A minha bela!
E em nada a cópia
Se afaste dela.

Que concurso, meu Glauceste,
Que concurso tão ditoso!
Tu és digno de cantares
O seu semblante divino;

E o teu canto sonoroso
Também do seu rosto é dino.
Ah! pinta, pinta
A minha bela!
E em nada a cópia
Se afasta dela.

Para pintares ao vivo
As suas faces mimosas,
A discreta Natureza
Que providência não teve!
Criou no jardim as rosas,
Fez o lírio e fez a neve.
Ah! pinta, pinta
A minha bela!
E em nada a cópia
Se afasta dela.

A pintar as negras tranças
Peço que mais te desveles:
Pinta chusmas de amorinhos
Pelos seus fios trepando;
Uns tecendo cordas deles,
Outros com eles brincando,
Ah! pinta, pinta
A minha bela!
E em nada a cópia
Se afasta dela.

Para pintares, Glauceste,
Os seus beiços graciosos,
Entre as flores tens o cravo,
Entre as pedras a granada,

E para os olhos formosos
A Estrela da madrugada.
Ah! pinta, pinta
A minha bela!
E em nada a cópia
Se afaste dela.

Mal retratares do rosto
Quanto julgares preciso,
Não dês a cópia por feita;
Passa a outros dotes, passa:
Pinta da vista e do riso
A modéstia, mais a graça.
Ah! pinta, pinta
A minha bela!
E em nada a cópia
Se afaste dela.

Pinta o garbo de seu rosto
Com expressões delicadas;
Os seus pés, quando passeiam,
Pisando ternos amores;
E as mesmas plantas calcadas
Brotando viçosas flores.
Ah! pinta, pinta
A minha bela!
E em nada a cópia
Se afaste dela.

Pinta mais, prezado amigo,
Um terno amante beijando
Suas doiradas cadeias;
E em doce pranto desfeito,

Ao monte e vale ensinando
O nome, que tem no peito[56].
Ah! pinta, pinta
A minha bela!
E em nada a cópia
Se afaste dela.

Nem suspendas o teu canto,
Inda que, Pastor, se veja
Que a minha boca suspira,
Que se banha em pranto o rosto;
Que os outros choram de inveja,
E chora Dirceu de gosto.
Ah! pinta, pinta
A minha bela!
E em nada a cópia
Se afaste dela.

56. Em nota à edição da obra completa de Gonzaga, organizada por Domício Proença Filho (*A poesia dos Inconfidentes*. Rio de Janeiro: Nova Aguilar, 1996. p. 1121 - Nota 96), observa-se a semelhança entre estes dois versos e os de Camões em *Os lusíadas* (Canto III, 120, 7-8): "Ao monte ensinando e às ervinhas / o nome que no peito escrito tinhas."

Segunda Parte

Lira I [57]

Já não cinjo de loiro a minha testa,
Nem sonoras Canções o Deus me inspira:
Ah! que nem me resta
Uma já quebrada,
Mal sonora Lira!

Mas neste mesmo estado em que me vejo,
Pede, Marília, Amor que vá cantar-te:
Cumpro o seu desejo;
E ao que resta supra
A paixão e a arte.

A fumaça, Marília, da candeia,
Que a molhada parede ou suja ou pinta,
Bem que tosca e feia,
Agora me pode
Ministrar a tinta.

Aos mais preparos o discurso apronta:
Ele me diz que faça no pé de uma
Má laranja ponta,

57. Gonzaga foi preso em 23 de maio de 1789, em Vila Rica, por seu suposto envolvimento na Conjuração Mineira. Esta lira parece ter sido a primeira que escreveu na prisão.

E dele me sirva
Em lugar de pluma.

Perder as úteis horas não, não devo;
Verás, Marília, uma ideia nova:
Sim, eu já te escrevo,
Do que esta alma dita,
Quanto amor aprova.

Quem vive no regaço da ventura
Nada obra em te adorar, que assombro faça;
Mostra mais ternura
Quem te estima e morre
Nas mãos da desgraça.

Nesta cruel masmorra tenebrosa[58]
Ainda vendo estou teus olhos belos,
A testa formosa,
Os dentes nevados,
Os negros cabelos.

Vejo, Marília, sim, e vejo ainda
A chusma dos Cupidos, que pendentes
Dessa boca linda,
Nos ares espalham
Suspiros ardentes.

Se alguém me perguntar onde eu te vejo,
Responderei – *no peito* – que uns Amores
De casto desejo

58. Na Ilha das Cobras, no Rio de Janeiro.

Aqui te pintaram,
E são bons Pintores.

Mal meus olhos te viram, ah! nessa hora
Teu Retrato fizeram, e tão forte,
Que entendo que agora
Só pode apagá-lo
O pulso da Morte.

Isto escrevia, quando, ó Céus, que pejo!
Descubro a ler-me os versos o Deus loiro.
Ah! dá-lhes um beijo,
E diz-me que valem
Mais que letras de oiro!

Lira II

Esprema a vil calúnia muito embora,[59]
Entre as mãos denegridas e insolentes,
Os venenos das plantas,
E das bravas serpentes;

Chovam raios e raios, no meu rosto
Não hás de ver, Marília, o medo escrito,
O medo perturbado,
Que infunde o vil delito.

---

59. De fato, sua prisão resultou mais da calúnia do que de algum procedimento delituoso. Os conjurados Padre Toledo e Tiradentes confessaram em juízo ter usado maliciosamente o nome de Gonzaga, intentando convencer ouvintes da seriedade do projeto (conf. *Autos de devassa da Inconfidência Mineira*. Rio de Janeiro: Biblioteca Nacional, 1936-38. v.4, p.56 e 60; 172-174; 179).

Podem muito, conheço, podem muito,
As Fúrias infernais[60], que Pluto[61] move;
Mas pode mais que todas
Um dedo só de Jove.

Este Deus converteu em flor mimosa,
A quem seu nome deram, a Narciso[62];
Fez de muitos os Astros,
Qu'inda no Céu diviso.

Ele pode livrar-me das injúrias
Do néscio, do atrevido, ingrato povo;
Em nova flor mudar-me,
Mudar-me em Astro novo.

Porém se os justos Céus, por fins ocultos,
Em tão tirano mal me não socorrem,
Verás então que os sábios,
Bem como vivem, morrem.

Eu tenho um coração maior que o mundo,
Tu, formosa Marília, bem o sabes:
Um coração, e basta,
Onde tu mesma cabes.

---

60. (Mit.) Fúrias, ou Eumênides, mulheres aladas que protegiam a ordem do mundo, castigando os desvios criminosos. Entre os romanos, a influência das Fúrias se estendia ao inferno.

61. (Mit.) Deus da riqueza, mas, inicialmente, participara do séquito de Perséfone, mulher de Hades e rainha do inferno.

62. (Mit.) Formoso jovem que, segundo a lenda, poderia ter vida longa se não visse a própria face. Num dia de calor, ao saciar a sede numa fonte, viu sua imagem refletida na água e, fascinado, permaneceu naquela contemplação até morrer.

Lira III

Sucede, Marília bela,
À medonha noite o dia;
A estação chuvosa e fria
À quente, seca estação.
  Muda-se a sorte dos tempos;
  Só a minha sorte não?

Os troncos, nas Primaveras,
Brotam em flores, viçosos;
Nos invernos escabrosos
Largam as folhas no chão.
  Muda-se a sorte dos troncos;
  Só a minha sorte não?

Aos brutos, Marília, cortam
Armadas redes os passos;
Rompem depois os seus laços,
Fogem da dura prisão.
  Muda-se a sorte dos brutos;
  Só a minha sorte não?

Nenhum dos homens conserva
Alegre sempre o seu rosto;
Depois das penas vem gosto,
Depois do gosto aflição.
  Muda-se a sorte dos homens;
  Só a minha sorte não?

Aos altos Deuses moveram
Soberbos Gigantes guerra[63];
No mais tempo o Céu e a Terra
Lhes tributa adoração.
  Muda-se a sorte dos Deuses;
  Só a minha sorte não?

Há de, Marília, mudar-se
Do destino a inclemência:
Tenho por mim a inocência,
Tenho por mim a razão.
  Muda-se a sorte de tudo;
  Só a minha sorte não?

O tempo, ó bela, que gasta
Os troncos, pedras e o cobre,
O véu rompe, com que encobre
À verdade a vil traição.
  Muda-se a sorte de tudo;
  Só a minha sorte não?

Qual eu sou verá o mundo;
Mais me dará do que eu tinha,
Tornarei a ver-te minha:
Que feliz consolação!
  Não há de tudo mudar-se,
  Só a minha sorte não!

---

63. (Mit.) Na guerra dos Gigantes (filhos de Gaia, a Terra) contra os deuses, estes só puderam vencer com o auxílio de um mortal, Héracles (Hércules).

Lira IV

Já, já me vai, Marília, branquejando
Loiro cabelo, que circula a testa;
Este mesmo, que alveja, vai caindo,
E pouco já me resta.

As faces vão perdendo as vivas cores,
E vão-se sobre os ossos enrugando,
Vai fugindo a viveza dos meus olhos;
Tudo se vai mudando.

Se quero levantar-me, as costas vergam;
As forças dos meus membros já se gastam;
Vou a dar pela casa uns curtos passos,
Pesam-me os pés e arrastam.

Se algum dia me vires desta sorte,
Vê que assim me não pôs a mão dos anos:
Os trabalhos, Marília, os sentimentos
Fazem os mesmos danos.

Mal te vir, me dará em poucos dias
A minha mocidade o doce gosto;
Verás brunir-se a pele, o corpo encher-se,
Voltar a cor ao rosto.

No calmoso Verão as plantas secam;
Na primavera, que os mortais encanta,
Apenas cai do Céu o fresco orvalho,
Verdeja logo a planta.

A doença deforma a quem padece;
Mas logo que a doença fez seu termo,
Torna, Marília, a ser quem era dantes,
O definhado enfermo.

Supõe-me qual doente, ou qual a planta,
No meio da desgraça, que me altera:
Eu também te suponho qual saúde,
Ou qual a Primavera.

Se dão esses teus meigos, vivos olhos
Aos mesmos Astros luz e vida às flores,
Que efeitos não farão em quem por eles
Sempre morreu de amores?

Lira V

Os mares, minha bela, não se movem;
O brando Norte assopra, nem diviso
Uma nuvem sequer na Esfera toda;
O destro Nauta aqui não é preciso;
Eu só conduzo a nau, eu só modero
Do seu governo a roda.

Mas ah! que o Sul carrega, o mar se empola,
Rasga-se a vela, o mastaréu se parte!
Qualquer varão prudente aqui já teme:
Não tenho a necessária força e arte.
Corra o sábio Piloto, corra e venha
Reger o duro leme.

Como sucede à nau no mar, sucede
Aos homens na ventura e na desgraça;
Basta ao feliz não ter total demência;
Mas quem de venturoso a triste passa,
Deve entregar o leme do discurso
Nas mãos da sã prudência.

Todo o Céu se cobriu, os raios chovem;
E esta alma, em tanta pena consternada,
Nem sabe aonde possa achar conforto.
Ah! não, não tardes, vem, Marília amada,
Toma o leme da nau, mareia o pano,
Vai-a salvar no porto!

Mas ouço já de Amor as sábias vozes:
Ele me diz que sofra, se não, morro;
E perco então, se morro, uns doces laços.
Não quero já, Marília, mais socorro;
Oh! ditoso sofrer, que lucrar pode
A glória dos teus braços!

Lira VI

De que te queixas,
Língua importuna?
De que a Fortuna
Roubar-te queira
O que te deu?
Este foi sempre
O gênio seu.

Levou, Marília,
A ímpia sorte

Catões à morte;[64]
Nem sepultura
Lhes concedeu.
    Este foi sempre
    O gênio seu.

A outros muitos,
Que vis nasceram,
Nem mereceram,
A grandes tronos
A ímpia ergueu.
    Este foi sempre
    O gênio seu.

Espalha a cega
Sobre os humanos
Os bens e os danos,
E a quem se devam
Nunca escolheu.
    Este foi sempre
    O gênio seu.

A quanto é justo
Jamais se dobra;
Nem igual obra
C'os mesmos Deuses
Do caro Céu.
    Este foi sempre
    O gênio seu.

---

64. Catão de Útica (95-46 a.C.), defensor do regime republicano aristocrático, inimigo de Júlio César na guerra civil, suicidou-se com a própria espada depois do triunfo de César sobre Pompeu em Tapso. Era bisneto de Catão, o Censor (224-149 a.C.).

Sobe ao Céu Vênus[65]
Num carro ufano;
E cai Vulcano[66]
Da pura esfera,
Em que nasceu.
Este foi sempre
O gênio seu.

Mas não me rouba,
Bem que se mude,
Honra e virtude:
Que o mais é dela,
Mas isto é meu.
Este foi sempre
O gênio seu.

Lira VII

Meu prezado Glauceste,[67]
Se fazes o conceito,
Que, bem que réu, abrigo

---

65. *v.* nota 5. Logo após seu nascimento na superfície das águas, Afrodite foi levada pelas Horas à morada dos deuses.

66. *v.* nota 6. Durante uma discussão entre Zeus e Hera, Hefesto tomou o partido da mãe. Zeus, irado, agarrou-o pelo pé e o lançou fora do Olimpo. A queda durou um dia inteiro e Hefesto, ao tombar na ilha de Lemno, feriu-se, tornando-se coxo. Noutra versão da lenda, já nasceu coxo e Hera, envergonhada, lançou-o fora do Olimpo para que os outros deuses não o vissem.

67. Ao prestar seu primeiro depoimento na Ilha das Cobras, em 17 de novembro de 1789, Gonzaga ainda desconhecia que Glauceste (Cláudio Manuel da Costa) se suicidara em Vila Rica, na noite de 3 para 4 de julho do mesmo ano.

A cândida Virtude no meu peito;
Se julgas, digo, que mereço ainda
  Da tua mão socorro;
  Ah! vem dar-mo agora,
  Agora, sim, que morro!

  Não quero que, montado
  No Pégaso fogoso,[68]
  Venhas com dura lança
Ao monstro infame traspassar raivoso.
Deixa que viva a pérfida calúnia,
  E forje o meu tormento:
  Com menos, meu Glauceste,
  Com menos me contento.

  Toma a lira doirada,
  E toca um pouco nela:
  Levanta a voz celeste
Em parte que te escute a minha bela;
Enche todo o contorno de alegria;
  Não sofras que o desgosto
  Afogue em pranto amargo
  O seu divino rosto.

  Eu sei, eu sei, Glauceste
  Que um bom Cantor havia,
  Que os brutos amansava;
Que os troncos e os penedos atraía.[69]

---

68. (Mit.) Cavalo alado, de origem divina, que surgiu do oceano no momento em que Perseu matou a Medusa. No Olimpo, pôs-se a serviço de Zeus. O herói Belerofonte, montando Pégaso, matou a Quimera e venceu as Amazonas.

69. (Mit.) Orfeu, cujo canto era tão melodioso que amansava as feras e fazia com que as árvores se curvassem à sua passagem.

De outro destro Cantor também afirma
  A sábia Antiguidade
  Que as muralhas erguera
  De uma grande Cidade.[70]

  Orfeu as cordas fere;
  O som delgado e terno
  Ao Rei Plutão abranda,[71]
E o deixa que penetre o fundo Averno.
Ah! tu a nenhum cedes, meu Glauceste,
  Na lira e mais no canto:
  Podes fazer prodígios,
  Obrar ou mais, ou tanto.

  Levanta pois as vozes:
  Que mais, que mais esperas?
  Consola um peito aflito,
Que é menos inda que domar as feras.
Com isto me darás no meu tormento
  Um doce lenitivo;
  Que enquanto a bela vive,
  Também, Glauceste, vivo.

Lira VIII

Eu vejo, ó minha bela, aquele Númen,
A quem o nome deram de Fortuna;[72]
        Pega-me pelo braço,

70. *v.* nota 23.

71. (Mit.) Epíteto ritual de Hades, deus do inferno.

72. (Mit.) Divindade romana, representada com uma cornucópia e um timão, simbolizando seu papel no curso da vida humana.

E com voz importuna
Me diz que mova o passo:
Que entre no grande Templo, em que se encerra
Quanto o destino manda
Que ela obre sobre a terra.

Que cousas portentosas nele encontro!
Eu vejo a pobre fundação de Roma;
Vejo-a queimar Cartago;
Vejo que as gentes doma;
E vejo o seu estrago.
Lá floresce o poder do Assírio Povo;
Aqui os Medos crescem,
E os perde um braço novo.[73]

Então me diz a Deusa: *E que pertendes?*
Todas estas medalhas ver agora?
Ah! não, não sejas louco!
Espaço de anos fora
Para isso ainda pouco.
Deixa estranhos sucessos, vem comigo;
Verás quanto inda deve
Acontecer contigo.

Levou-me aonde estava a minha história,
Que toda me explicou com modo e arte.
Tirei-te libras de ouro,
Me diz, *e quero dar-te*
Todo aquele tesouro.
Não suspira por bens um peito nobre,
Severo lhe respondo
Vivo afeito a ser pobre.

73. Alexandre Magno, em 330 a.C.

Aqui me enruga a Deusa, irada, a testa,
E fica sem falar um breve espaço.
Alegra, alegra o rosto,
Prossegue, *ali te faço*
Restituir o posto.
Respondo com ar de mofa e tom sereno:
Conheço-te, Fortuna,
Posso morrer pequeno.

Aqui te dou, me diz, *a tua amada.*
Então me banho todo de alegria.
Cuidei, me torna a cega,
Que essa alma não queria
Nem esta mesma entrega.
É esse o bem, respondo, *que me move,*
Mas este bem é santo,
Vem só da mão de Jove.

Queria mais falar; eu, insofrido,
Desta maneira rompo os seus acentos:
Basta, Fortuna, basta,
Estes breves momentos
Lá noutras cousas gasta;
Da minha sorte nada mais contemplo.
E, chamando Marília,
Suspiro e deixo o Templo.

Lira IX

A estas horas
Eu procurava
Os meus Amores;
Tinham-me inveja
Os mais Pastores.

A porta abria,
Inda esfregando
Os olhos belos,
Sem flor, nem fita
Nos seus cabelos:

Ah! que assim mesmo
Sem compostura,
É mais formosa
Que a estrela d'alva,
Que a fresca rosa!

Mal eu a via,
Um ar mais leve
(que doce efeito!)
Já respirava
Meu terno peito.

Do cerco apenas
Soltava o gado,
Eu lhe animava
Aquela ovelha
Que mais amava.

Dava-lhe sempre
No rio e fonte,
No prado e selva,
Água mais clara,
Mais branda relva.

No colo a punha;
Então, brincando,
A mim a unia;
Mil coisas ternas
Aqui dizia.

Marília, vendo
Que eu só com ela
É que falava,
Ria-se a furto
E disfarçava.

Desta maneira,
Nos castos peitos,
De dia em dia
A nossa chama
Mais se acendia.

Ah! quantas vezes,
No chão sentado,
Eu lhe lavrava
As finas rocas,
Em que fiava!

Da mesma sorte
Que à sua amada,
Que está no ninho,
Fronteiro canta
O passarinho.

Na quente sesta,
Dela defronte,
Eu me entretinha
Movendo o ferro
Da sanfoninha.

Ela, por dar-me
De ouvir o gosto,
Mais se chegava;
Então, vaidoso,
Assim cantava:

Não há Pastora,
Que chegar possa
À minha bela,
Nem quem me iguale
Também na estrela.

Se Amor concede
Que eu me recline
No branco peito,
Eu não invejo
De Jove o leito:

Ornam seu peito
As sãs virtudes,
Que nos namoram;
No seu semblante
As Graças moram.

Assim vivia;
Hoje em suspiros
O canto mudo:
Assim, Marília,
Se acaba tudo!

Lira X

Arde o velho barril, arde a cabeça,
Em honra de João na larga rua;
O crédulo Mortal agora indaga
Qual seja a sorte sua.

Eu não tenho alcachofra, que à luz chegue,
E nela orvalhe o Céu de madrugada,
Para ver se rebentam novas folhas
Aonde foi queimada.

Também não tenho um ovo que despeje
Dentro de um copo d’água e possa nela
Fingir Palácios grandes, altas Torres,
E uma Nau à vela.

Mas ah! em bem me lembre: eu tenho ouvido
Que na boca um bochecho d’água tome,
E atrás de qualquer porta atento esteja,
Até ouvir um nome.

Que o nome, que primeiro ouvir, é esse
O nome, que há de ter a minha amada;
Pode verdade ser; se for mentira,
Também não custa nada.

Vou tudo executar, e de repente
Ouvi dizer o nome de Filena:
Despejo logo a boca: ah! não sei como
Não morro ali de pena!

Aparece Cupido então, soltando
Em ar de zombaria uma risada:
E que tal, me pergunta, esteve a peça?
Não foi bem pregada?

Eu já te disse que Marília é tua;
Tu fazes do meu dito tanta conta,
Que vais acreditar o que te ensina
Velha mulher já tonta?

Humilde lhe respondo: Quem debaixo
Do açoite da Fortuna aflito geme,
Nas mesmas coisas, que só são brinquedos,
Se agoiram males, teme.

Lira XI

Se acaso não estou no fundo Averno,
Padece, ó minha bela, sim, padece
O peito amante e terno
As aflições tiranas, que aos Precitos
Arbitra Radamanto[74] em justa pena
Dos bárbaros delitos.

As Fúrias infernais, rangendo os dentes,
Com a mão descarnada não me aplicam
As raivosas serpentes;
Mas cercam-me outros monstros mais irados:
Mordem-me sem cessar as bravas serpes
De mil e mil cuidados.

74. (Mit.) Um dos juízes do inferno.

Eu não gasto, Marília, a vida toda
Em lançar o penedo da montanha
Ou em mover a roda;
Mas tenho ainda mais cruel tormento:
Por coisas que me afligem, roda e gira
Cansado pensamento.

Com retorcidas unhas agarrado
As tépidas entranhas, não me come
Um abutre esfaimado;
Mas sinto de outro monstro a crueldade:
Devora o coração, que mal palpita,
O abutre da saudade.

Não vejo os pomos, nem as águas vejo
Que de mim se retiram, quando busco
Fartar o meu desejo;
Mas quer, Marília, o meu destino ingrato
Que lograr-te não possa, estando vendo
Nesta alma o teu retrato.

Estou no Inferno, estou, Marília bela;
E numa cousa só é mais humana
A minha dura estrela:
Uns não podem mover do Inferno os passos;
Eu pertendo voar, e voar cedo
À glória dos teus braços.

Lira XII

Ah! Marília, que tormento
Não tens de sentir, saudosa!

Não podem ver os teus olhos
A campina deleitosa,
Nem a tua mesma Aldeia,
Que tiranos não proponham
À inda inquieta ideia
Uma imagem de aflição.
        Mandarás aos surdos Deuses
        Novos suspiros em vão.

Quando levares, Marília,
Teu ledo rebanho ao prado,
Tu dirás: Aqui trazia
Dirceu também o seu gado.
Verás os sítios ditosos
Onde, Marília, te dava
Doces beijos amorosos
Nos dedos da branca mão.
        Mandarás aos surdos Deuses
        Novos suspiros em vão.

Quando à janela saíres,
Sem quereres, descuidada,
Tu verás, Marília, a minha
E minha pobre morada.
Tu dirás então contigo:
Ali Dirceu esperava
Para me levar consigo;
E ali sofreu a prisão.
        Mandarás aos surdos Deuses
        Novos suspiros em vão.

Quando vires igualmente
Do caro Glauceste a choça,
Onde alegres se juntavam

Os poucos da escolha nossa,[75]
Pondo os olhos na varanda
Tu dirás, de mágoa cheia:
Todo o congresso ali anda,
Só o meu Amado não.
Mandarás aos surdos Deuses
Novos suspiros em vão.

Quando passar pela rua
O meu companheiro honrado[76],
Sem que me vejas com ele
Caminhar emparelhado,
Tu dirás: Não foi tirana
Somente comigo a sorte;
Também cortou desumana
A mais fiel união.
Mandarás aos surdos Deuses
Novos suspiros em vão.

Numa masmorra metido,
Eu não vejo imagens destas,
Imagens, que são por certo
A quem adora funestas.
Mas se existem separadas
Dos inchados, roxos olhos,
Estão, que é mais, retratadas
No fundo do coração.
Também mando aos surdos Deuses
Tristes suspiros em vão.

75. Alusão às tertúlias na casa de Cláudio Manuel da Costa, das quais participavam Alvarenga Peixoto e o cônego Luís Vieira.

76. Gonzaga continua ignorando a morte da Cláudio. A prisão na Ilha das Cobras era em regime de incomunicabilidade.

Lira XIII

Vês, Marília, um cordeiro
De flores enramado,
Como alegre caminha
A ser sacrificado?
O Povo para o Templo já concorre;
A Pira sacrossanta já se acende;
O Ministro o fere: ele bala e morre.

Vês agora o novilho,
A quem segura o laço?
No chão as mãos especa,
Nem quer mover um passo.
Não conhece que sai de um mau terreno,
Que o forte pulso, que a seguir o arrasta,
O conduz a viver num campo ameno.

Ignora o bruto como
Lhe dispomos a sorte;
Um vai forçado à vida,
Vai outro alegre à morte.
Nós temos, minha bela, igual demência:
Não sabemos os fins, com que nos move
A sábia, oculta Mão da Providência.

De Jacó[77] ao bom filho
Os maus matar quiseram:
De conselho mudaram,
Como escravo o venderam.

---

77. No livro do *Gênesis*: patriarca hebreu, filho de Isaac e Rebeca, e pai de José, que os irmãos venderam a mercadores ismaelitas e que mais tarde, no Egito, veio a ser ministro do faraó.

José não corre a ser um servo aflito:
Vai subindo os degraus, por onde chega
A ser um quase Rei no grande Egito.

Quem sabe se o Destino
Hoje, ó bela, me prende,
Só porque nisto de outros
Mais danos me defende?
Pode ainda raiar um claro dia,
Mas quer raie, quer não, ao Céu adoro
E beijo a santa mão, que assim me guia.

Lira XIV

Alma digna de mil Avós Augustos!
Tu sentes, tu soluças,
Ao ver cair os justos;
Honras as santas leis da Humanidade;
E aos teus exemplos deve
Gravar com letras de oiro no seu Templo
A cândida Amizade.

Não é, não é de Herói uma alma forte,
Que vê com rosto enxuto
No seu igual a morte.
Não é também de Herói um peito duro,
Que a sua glória firma
Em que lhe não resiste ao ferro e fogo
Nem legião, nem muro.

Oh! quanto ousado Chefe me namora,
Quando vê a cabeça
Do bom Pompeu e chora![78]
É grande para mim quem move os passos,
E de Dario aos filhos,
Que como escravos seus tratar pudera,
Recebe nos seus braços.[79]

Se alcança Eneias, Capitão piedoso,
Entre os heróis do Mundo
Um nome glorioso,
Não é porque levanta uma cidade;
É, sim, porque nos ombros
Salvou do incêndio ao Pai, a quem detinha
A mão da branca idade.[80]

Ah! se ao meu contrário entre as chamas vira,
Eu mesmo, sim, da morte
Aos ombros o remira;
Inda por ele muito mais obrara;
E, se nada servisse,
Fizera então, Amigo, o que fizeste,
Gemera, e suspirara.

Oh! quanto são duráveis as cadeias
De uma amizade, quando
Se dão iguais ideias!
Se, apesar dos estorvos, se sustinha

---

78. Alusão a Júlio César.

79. Alusão a Alexandre Magno, que tratou com bondade os filhos de Dario III, o soberano persa derrotado.

80. (Mit.) Em meio ao incêndio deTroia, no final de guerra, Enéas carrega às costas seu velho pai cego, Anquises (*Eneida*, II).

Nossa união sincera,
Foi por ser a minha alma igual à tua,
E a tua igual à minha.

Se, ó caro Amigo, te merece tanto,
Lá lhe fica a sua alma,
Limpa-lhe o terno pranto.
De quem eu falo, és tu, Marília bela.
Ah! sim, honrado Amigo,
Se enxugar não puderes os seus olhos,
Pranteia então com ela.

Lira XV

Eu, Marília, não fui nenhum Vaqueiro,
Fui honrado Pastor da tua Aldeia;
Vestia finas lãs e tinha sempre
A minha choça do preciso cheia.
Tiraram-me o casal e o manso gado,
Nem tenho, a que me encoste, um só cajado.

Para ter que te dar, é que eu queria
De mor rebanho ainda ser o dono;
Prezava o teu semblante, os teus cabelos
Ainda muito mais que um grande Trono.
Agora que te oferte já não vejo,
Além de um puro amor, de um são desejo.

Se o rio levantado me causava,
Levando a sementeira, prejuízo,
Eu alegre ficava, apenas via
Na tua breve boca um ar de riso.

Tudo agora perdi; nem tenho o gosto
De ver-te ao menos compassivo o rosto.

Propunha-me dormir no teu regaço
As quentes horas da comprida sesta,
Escrever teus louvores nos olmeiros,
Toucar-te de papoilas na floresta.
Julgou o justo Céu que não convinha
Que a tanto grau subisse a glória minha.

Ah! minha bela, se a Fortuna volta,
Se o bem, que já perdi, alcanço e provo,
Por essas brancas mãos, por essas faces
Te juro renascer um homem novo;
Romper a nuvem, que os meus olhos cerra,
Amar no céu a Jove, e a ti na terra!

Fiadas comprarei as ovelhinhas,
Que pagarei dos poucos do meu ganho;
E dentro em pouco tempo nos veremos
Senhores outra vez de um bom rebanho.
Para o contágio lhe não dar, sobeja
Que as afague Marília, ou só que as veja.

Se não tivermos lãs e peles finas,
Podem mui bem cobrir as carnes nossas
As peles dos cordeiros mal curtidas,
E os panos feitos com as lãs mais grossas.
Mas ao menos será o teu vestido
Por mãos de Amor, por minhas mãos cosido.

Nós iremos pescar na quente sesta
Com canas e com cestos os peixinhos;

Nós iremos caçar nas manhãs frias
Com a vara envisgada os passarinhos.
Para nos divertir faremos quanto
Reputa o varão sábio, honesto e santo.

Nas noites de serão nos sentaremos
C'os filhos, se os tivermos, à fogueira;
Entre as falsas histórias, que contares,
Lhes contarás a minha, verdadeira:
Pasmados te ouvirão; eu, entretanto
Ainda o rosto banharei de pranto.

Quando passarmos juntos pela rua,
Nos mostrarão c'o dedo os mais Pastores,
Dizendo uns para os outros: Olha os nossos
Exemplos da desgraça, e são amores.
Contentes viviremos desta sorte,
Até que chegue a um dos dois a morte.

Lira XVI

Vejo, Marília,
Que o nédio gado
Anda disperso
No monte e prado;
Que assim sucede
Ao desgraçado,
Que a perder chega
O seu Pastor.
Mas inda sofro
A viva dor.

Também conheço
Que os Pegureiros,
Que apascentavam
Os meus cordeiros,
Darão suspiros,
E verdadeiros,
Porque perderam
Um pai no amor.
Mas inda sofro
A viva dor.

Eu mais alcanço
Que a minha herdade,
Estando eu preso,
Sofrer não há de
Nem a charrua
E nem a grade,
Que a mão lhe falta
Do Lavrador.
Mas inda sofro
A viva dor.

Mas quando sobe
À minha ideia,
Que tu ficaste
Lá nessa Aldeia,
De mil cuidados
E mágoa cheia,
Das paixões minhas
Não sou senhor.
Eu já não sofro
A viva dor.

A quanto chega
A pena forte!
Pesa-me a vida,
Desejo a morte,
A Jove acuso,
Maldigo a sorte,
Trato a Cupido
Por um traidor.
Eu já não sofro
A viva dor.

Mas este excesso
Perdão merece,
E dele Jove
Se compadece:
Que Jove, ó bela,
Mui bem conhece
Aonde chega
Paixão de amor.
Eu já não sofro
A viva dor.

Lira XVII

Dirceu te deixa, ó bela,
De padecer cansado;
Frio suor já banha
Seu rosto descorado;
O sangue já não gira pela veia;
Seus pulsos já não batem,
E a clara luz dos olhos se baceia:
A lágrima sentida já lhe corre;
Já para a convulsão, suspira e morre.

Seu espírito chega
Onde se pune o erro:
Late o cão e se lhe abrem
Grossos portões de ferro.
Aos severos Juízes se apresenta,
E com sentidas vozes
Toda a sua tragédia representa:
Enche-se de ternura e novo espanto
O mesmo inexorável Radamanto.

Abre um, pasmado, a boca,
E a pedra não despede;
Outro já não se lembra
Da fome e mais da sede;
Descansa o curvo bico e a garra impia
Negro abutre esfaimado;
Nem na roca medonha a Parca[81] fia.
Até as mesmas Fúrias inclementes
Deixam cair das unhas as serpentes.

Já votam os Juízes;
E o Rei Plutão lhe ordena
Deixe o sítio, em que ficam
Almas dignas de pena.
Já sai do escuro Reino, e da memória
Lhe passa tudo quanto
Ou pode dar-lhe mágoa, ou dar-lhe glória.
Só, bem que o gosto às turvas águas tome,
Inda, Marília, inda diz teu nome.

81. (Mit.) Divindades do destino em Roma. Entre os gregos, Moiras.

Entra já nos Elíseos,
Campinas venturosas,
Que mansos rios cortam,
Que cobrem sempre as rosas.
Escuta o canto das sonoras aves,
E bebe as águas puras,
Que o mel e do que o leite mais suaves.
Aqui, diz ele, espero a minha bela,
Aqui contente viverei com ela.

Aqui... porém aonde
Me leva a dor ativa?
É ilusão desta alma;
Jove inda quer que eu viva.
Eu devo, sim, gozar teus doces laços;
E em paga dos meus males,
Devo morrer, Marília, nos teus braços;
Então eu passarei ao Reino amigo,
E tu irás depois lá ter comigo.

Lira XVIII

Não molho, Marília,
De pranto a masmorra
Que o terno Cupido
Não voe e não corra
A i-lo apanhar.
Estende-o nas asas,
Sobre ele suspira,
Por fim se retira,
E vai-lo levar.

Se o moço não mente,
Aos tristes gemidos,
Aos ais lastimosos
Não guardes unidos
Marília, c'os teus;
As lágrimas nossas
No seio amontoa,
Forma asas e voa,
Vai pô-las nos céus.

A Deusa formosa,
Que amava aos Troianos,
Livrá-los querendo
De riscos e danos,
A Jove buscou.
As águas, que o rosto
Da Deusa banharam,
A Jove abrandaram,
E assim os salvou.

Confia-te, ó bela,
Confia-te em Jove;
Ainda se abranda,
Ainda se move
Com ânsias de amor.
O pranto de Vênus,
Que obrou no Pai tanto,
Não tem que o teu pranto
Apreço maior.

Lira XIX

Nesta triste masmorra,
De um semivivo corpo sepultura,
Inda, Marília, adoro
A tua formosura.
Amor na minha ideia te retrata;
Busca, extremoso, que eu assim resista
A dor imensa, que me cerca e mata.

Quando em meu mal pondero,
Então mais vivamente te diviso:
Vejo o teu rosto e escuto
A tua voz e riso.
Movo ligeiro para o vulto os passos:
Eu beijo a tíbia luz em vez da face,
E aperto sobre o peito em vão os braços.

Conheço a ilusão minha;
A violência da mágoa não suporto;
Foge-me a vista e caio,
Não sei se vivo ou morto.
Enternece-se Amor de estrago tanto;
Reclina-me no peito, e com mão terna
Me limpa os olhos do salgado pranto.

Depois que represento
Por largo espaço a imagem de um defunto,
Movo os membros, suspiro.
E onde estou pergunto.
Conheço então que Amor me tem consigo;
Ergo a cabeça, que inda mal sustento,
E com doente voz assim lhe digo:

Se queres ser piedoso,
Procura o sítio em que Marília mora,
Pinta-lhe o meu estrago,
E vê, Amor, se chora,
Se a lágrimas verter a dor a arrasta
Uma delas me traze sobre as penas,
E para alívio meu só isto basta.

Lira XX

Se me visses com teus olhos
Nesta masmorra metido,
De mil ideias funestas
E cuidados combatido,
Qual seria, ó minha bela,
Qual seria o teu pesar?

À força da dor cedera,
E nem estaria vivo,
Se o menino Deus vendado,
Extremoso e compassivo,
Com o nome de Marília
Não me viesse animar.

Deixo a cama ao romper d'alva;
O meio-dia tem dado,
E o cabelo ainda flutua
Pelas costas desgrenhado.
Não tenho valor, não tenho,
Nem para de mim cuidar.

Diz-me Cupido: *E Marília*
Não estima esse cabelo?
Se o deixas perder de todo,
Não se há de enfadar ao vê-lo?
Suspiro, pego no pente
Vou logo o cabelo atar.

Vem um tabuleiro entrando
De vários manjares cheio;
Põe-se na mesa a toalha,
E eu pensativo passeio;
De todo o comer esfria,
Sem nele poder tocar.

Eu entendo que matar-te,
Diz Amor, *te tens proposto.*
Fazes bem: terá Marília
Desgosto sobre desgosto.
Qual enfermo c'o remédio,
Me aflijo, mas vou jantar.

Chegam as horas, Marília,
Em que o Sol já se tem posto;
Vem-me à memória que nelas
Via à janela o teu rosto:
Reclino na mão a face
E entro de novo a chorar.

Diz-me Cupido: *Já basta,*
Já basta, Dirceu, de pranto;
Em obséquio de Marília
Vai erguer teu doce canto.
Pendem as fontes dos olhos,
Mas eu sempre vou cantar.

Vem o Forçado acender-me
A velha, suja candeia;
Fica, Marília, a masmorra
Inda mais triste e mais feia.
Nem mais canto, nem mais posso
Uma só palavra dar.

Diz-me Cupido: *São horas*
De escrever-se o que está feito.
Do azeite e da fumaça
Uma nova tinta ajeito;
Tomo o pau, que pena finge,
Vou as Liras copiar.

Sem que chegue o leve sono,
Canta o Galo a vez terceira;
Eu digo ao Amor que fico
Sem deitar-me a noite inteira;
Faço mimos e promessas
Para ele me acompanhar.

Ele diz que em dormir cuide,
Que hei de ver Marília em sonho;
Não respondo uma palavra,
A dura cama componho,
Apago a triste candeia,
E vou-me logo deitar.

Como pode a tais cuidados
Resistir, ó minha Bela,
Quem não tem de Amor a graça?
Se eu, que vivo à sombra dela,
Inda vivo desta sorte,
Sempre triste a suspirar?

Lira XXI

Que diversas que são, Marília, as horas,
Que passo na masmorra imunda e feia,
Dessas horas felizes, já passadas
Na tua pátria Aldeia!

Então eu me ajuntava com Glauceste;
E à sombra de alto Cedro na Campina
Eu versos te compunha, e ele os compunha
À sua cara Eulina.

Cada qual o seu canto aos Astros leva;
De exceder um ao outro qualquer trata;
O eco agora diz: *Marília terna;*
E logo: *Eulina ingrata.*

Deixam os mesmos Sátiros[82] as grutas:
Um para nós ligeiro move os passos,
Ouve-nos de mais perto, e faz a flauta
C'os pés em mil pedaços.

Dirceu (clama um pastor), ah! bem merece
Da terníssima Marília a formosura.
E aonde, clama o outro, quer Eulina
Achar maior ventura?

Nenhum Pastor cuidava do rebanho,
Enquanto em nós durava esta porfia;
E ela. ó minha amada, só findava
Depois de acabar-se o dia.

82. (Mit.) Gênios da natureza, pertencentes ao séquito de Dionísio, representados como centauros de grande apetite sexual.

À noite te escrevia na cabana
Os versos, que de tarde havia feito;
Mal tos dava, e os lias, os guardavas
No casto e branco peito.

Beijando os dedos dessa mão formosa,
Banhados com as lágrimas do gosto,
Jurava não cantar mais outras graças
Que as graças do teu rosto.

Ainda não quebrei o juramento;
Eu agora, Marília, não as canto;
Mas inda vale mais que os doces versos
A voz do triste pranto.

Lira XXII

Por morto, Marília,
Aqui me reputo:
Mil vezes escuto
O som do arrastado,
E duro grilhão.
Mas ah! que não treme,
Não treme de susto
O meu coração!

A chave lá soa
Na porta segura:
Abre-se a escura,
Infame masmorra
Da minha prisão.

Mas ah! que não treme,
Não treme de susto
O meu coração!

Já Torres se assenta;[83]
Carrega-me o rosto;
Do crime suposto
Com mil artifícios
Indaga a razão.
Mas, ah! que não treme,
Não treme de susto
O meu coração!

Eu vejo, Marília,
A mil inocentes
Nas cruzes pendentes,
Por falsos delitos,
Que os homens lhe dão.
Mas ah! que não treme,
Não treme de susto
O meu coração!

Se penso que posso
Perder o gozar-te,
A glória de dar-te
Abraços honestos
E beijos na mão,
Marília, já treme,
Já treme de susto
O meu coração!

---

83. José Pedro Machado Coelho Torres, o juiz que procedeu aos dois primeiros interrogatórios do poeta, na Ilha das Cobras, em 17 de novembro de 1789 e em 3 de fevereiro de 1790.

Repara, Marília,
O quanto é mais forte
Ainda que a morte,
Num peito esforçado,
De amor a paixão.
Marília, já treme,
Já treme de susto
O meu coração!

Lira XXIII

Não praguejes, Marília, não praguejes
A justiceira mão, que lança os ferros;
Não traz debalde a vingadora espada;
Deve punir os erros.

Virtudes de Juiz, virtudes de homem
As mãos se deram e em seu peito moram.
Manda prender ao Réu, austera a boca,
Porém seus olhos choram.[84]

Se à inocência denigre a vil calúnia,
Que culpa aquele tem que aplica a pena?
Não é o Julgador, é o processo
E a lei, quem nos condena.

Só no Averno os Juízes não recebem
Acusação, nem prova de outro humano;
Aqui todos confessam suas culpas,
Não pode haver engano.

---

84. Alusão ao governador de Minas, Visconde de Barbacena, que ordenou a prisão do poeta, mas era seu amigo.

Eu vejo as Fúrias afligindo aos tristes:
Uma o fogo chega, outra as serpes move;
Todos maldizem sim a sua estrela,
Nenhum acusa a Jove.

Eu também inda adoro ao grande Chefe,
Bem que a prisão me dá, que eu não mereço.
Qual eu sou, minha bela, não me trata,
Trata-me qual pareço.

Quem suspira, Marília, quando pune
Ao vassalo, que julga delinquente,
Que gosto não terá, podendo dar-lhe
As honras de inocente?

Tu vences, Barcelona[85], aos mesmos Titos
Nas sãs virtudes, que no peito abrigas:
Não honras tão somente a quem premeias,
Honras a quem castigas.

Lira XXIV

Eu vou, Marília, vou brigar co'as feras!
Uma soltaram, eu lhe sinto os passos;
Aqui, aqui a espero
Nestes despidos braços.
É um malhado tigre; a mim já corre,
Ao peito o aperto, estalam-lhe as costelas,
Desfalece, cai, urra, treme e morre.

85. Barcelona = Barbacena.

Vem agora um Leão: sacode a grenha,
Com faminta paixão a mim se lança;
Venha embora, que o pulso
Ainda não se cansa.
Oprimo-lhe a garganta, a língua estira,
O corpo lhe fraqueia, os olhos incham,
Açoita o chão convulso, arqueja e expira.

Mas que vejo, Marília? Tu te assustas?
Entendes que os destinos, inumanos,
Expõem a minha vida
No cerco dos Romanos?
Com ursos e com onças eu não luto:
Luto c'o bravo monstro que me acusa,
Que os tigres e leões mais fero e bruto.

Embora contra mim, raivoso, esgrima
Da vil calúnia a cortadora espada,
Uma alma, qual eu tenho,
Não se receia a nada.
Eu hei de, sim, punir-lhe a insolência,
Pisar-lhe o negro colo, abrir-lhe o peito
Co'as armas invencíveis da inocência.

Ah! quando imaginar que vingativo
Mando que desça ao Tártaro profundo,
Hei de com mão honrada
Erguer-lhe o corpo imundo.
Eu então lhe direi: – infame, indino,
Obras como costuma o vil humano;
Faço o que faz um coração divino.

Lira XXV

Minha Marília
O passarinho,
A quem roubaram
Ovos e ninho,
Mil vezes pousa
No seu raminho;
Piando finge
Que anda a chorar.
    Mas logo voa
Pela espessura,
Nem mais procura
Este lugar.

Se acaso a vaca
Perde a vitela,
Também nos mostra
Que se desvela:
O pasto deixa,
Muge por ela,
Até na estrada
A vem buscar.
    Em poucos dias,
Ao que parece,
Dela se esquece,
E vai pastar.

O voraz Tempo,
Que o ferro come,
Que aos mesmos Reinos
Devora o nome,
Também, Marília,

Também consome
Dentro do peito
Qualquer pesar.
    Ah! só não pode
Ao meu tormento
Por um momento
Alívio dar!

Também, ó bela,
Não há quem viva
Instantes breves
Na chama ativa;
Derrete ao bronze,
Sendo excessiva,
Ao mesmo seixo
Faz estalar.
    Mas do amianto
A febre dura
Na chama atura
Sem se queimar.

Também, Marília,
Não há quem negue
Que, bem que o fogo
Nos óleos pegue,
Que, bem que em línguas
Às nuvens chegue,
À força d'água
Se há de apagar.
    Se a negra pedra
Nós acendemos,
Com água a vemos
Mais s'inflamar.

O meu discurso,
Marília, é reto;
A pena iguala
Ao meu afeto;
O amor que nutro
Ao teu aspecto
E ao teu semblante
É singular.
    Ah! nem o tempo,
Nem inda a morte
A dor tão forte
Pode acabar!

Lira XXVI

Aquele a quem fez cego a Natureza,
C'o bordão apalpa e aos que veem pergunta;
Ainda se despenha muitas vezes,
    E dois remédios junta!

De ser cega a Fortuna eu não me queixo;
Sim me queixo de que má cega seja:
Cega que nem pergunta nem apalpa,
    E porque errar deseja.

A quem não tem virtudes, nem talentos,
Ela, Marília, faz de um cetro dono;
Cria num pobre berço uma alma digna
    De se sentar num trono.

A quem gastar não sabe, nem se anima,
Entrega as grossas chaves de um tesouro;
E lança na miséria a quem conhece
Para que serve o ouro.

A quem fere, a quem rouba, a infame deixa
Que atrás do vício em liberdade corra;
Eu honro as leis do Império, ela me oprime
Nesta vil masmorra.

Mas ah! minha Marília, que esta queixa
Co'a sólida razão se não coaduna!
Como me queixo da Fortuna tanto,
Se sei não há Fortuna?

Os Fados, os Destinos, essa Deusa,
Que os Sábios fingem que uma roda move,
É só a oculta mão da Providência,
A sábia mão de Jove.

Nós é que somos cegos, que não vemos
A que fins nos conduz por estes modos;
Por torcidas estradas, ruins veredas
Caminha ao bem de todos.

Alegre-se o perverso com as ditas,
C'o seu merecimento o virtuoso;
Parecer desgraçado, ó minha bela,
É muito mais honroso.

Lira XXVII

A minha amada
É mais formosa
Que branco lírio,
Dobrada rosa,
Que o cinamomo,
Quando matiza
Co'a folha a flor.
Vênus não chega
Ao meu amor.

Vasta campina,
De trigo cheia,
Quando na sesta
Co' vento ondeia,
Ao seu cabelo,
Quando flutua,
Não é igual.
Tem a cor negra,
Mas quanto val!

Os astros, que andam
Na esfera pura,
Quando cintilam
Na noite escura,
Não são, humanos,
Tão lindos como
Seus olhos são,
Que ao Sol excedem
Na luz, que dão.

Às brancas faces
Ah! não se atreve
Jasmim de Itália,
Nem inda a neve,
Quando a desata
O sol brilhante
Com seu calor.
São neve, e causam
No peito ardor.

Na breve boca
Vejo enlaçadas
As finas per'las
Com as granadas;
A par dos beiços,
Rubins da Índia
Têm preço vil.
Neles se agarram
Amores mil.

Se não lhe desse,
Compadecido,
Tanto socorro
O Deus Cupido;
Se não vivera
Uma esperança
No peito seu,
Já morto estava
O bom Dirceu.

Vê quanto pode
Teu belo rosto,
E de gozá-lo

O vivo gosto!
Que, submergido
Em um tormento
Quase infernal,
Porqu'inda espero,
Resisto ao mal.

Lira XXVIII

Detém-te, vil humano,
Não espremas cicutas
Para fazer-me dano.
O sumo, que elas dão, é pouco forte;
Procura outras bebidas,
Que apressem mais a morte.

Desce ao Reino profundo,
Ajunta aí venenos,
Que nunca visse o mundo;
Traze o negro licor, que tem nos dentes.
Nos dentes retorcidos
As raivosas serpentes.

Cachopo levantado,
Que pôs a Natureza
Dentro no Mar salgado,
Não se abala no meio da tormenta,
Bem que uma onda, e outra onda
Sobre ele em flor rebenta.

Árvore, que na terra
As robustas raízes,

Buscando o centro, aferra,
Não teme ao furacão mais violento;
E menos, se se deixa
Vergar do rijo vento.

Sou tronco e rocha, ó bela,
Que açoita o Sul, que brama,
E o Mar, que se encapela.
Não temas que do rosto a cor se mude:
Vence as rochas e os troncos
A sólida virtude.

A maior desventura
É sempre a que nos lança
No horror da sepultura;
O cobarde a morrer também caminha;
Com que males não pode
Uma alma como a minha?

Lira XXIX

Eu descubro procurar-me
Gentil mancebo, e loiro;
Trazia a testa adornada
Com folhas de verde loiro.
Vejo ser o Pai das Musas[86],
E me entrega a lira d'oiro.

Já basta, me diz, *ó filho,*
Já basta de sentimento;

86. (Mit.) Apolo. *v.* nota 2.

O cansado peito exige
Um breve contentamento:
Louva a formosa Marília
Ao som do meu instrumento.

Firo as cordas; mas que importa?
A dor não sossega em tanto.
Ergo a voz; então reparo
Que, quanto mais corre o pranto,
E mais doce e mais sonoro
Meu terno e saudoso canto.
Apolo fitou os olhos
Na mão, que regia o braço;
E, depois de estar suspenso,
De me ouvir um largo espaço
Assim diz: *O deus Cupido*
Faz inda mais do que eu faço.

Eu te dou a minha lira:
Louva, louva a tua Bela;
Porém vê que ta concedo
Com condição e cautela...
Eu lhe corto a voz, dizendo
Que só canto em honra dela.

Lira XXX

O Pai das Musas,
O Pastor loiro
Deu-me, Marília,
Para cantar-te
A lira de oiro.

As cordas firo;
O brando vento
Teus dotes leva
Nas brancas asas
Ao firmamento:

O teu cabelo
Vale um tesoiro;
Um só me adorna
A sábia frente
Melhor que o loiro.

Nesses teus olhos
Amor assiste;
Deles faz guerra;
Ninguém lhe foge,
Ninguém resiste.

Algumas vezes
Eu o diviso,
Também oculto
Nas lindas covas,
Que faz teu riso.

Nesses teus peitos
Têm os seus ninhos
Destros amores;
Neles se geram
Os Cupidinhos.

Vences a Vênus,
Quando com arte
As armas toma,

Por que mais prenda
Ao fero Marte.

Eu produzia
Estas ideias,
Quando, Marília,
O som escuto
Das vis cadeias.

Dou um suspiro,
Corre o meu pranto;
E, inda bebendo
Lágrimas tristes,
De novo canto:

Sou da constância
Um vivo exemplo;
E vós, ó ferros,
Honrareis inda
De Amor o Templo.

Lira XXXI

Roubou-me, ó minha Amada, a sorte impia
Quanto de meu gozava
Num só funesto dia:

Honras de maioral, manada grossa.
Fértil, extensa herdade,
Bem reparada choça.

Meteu-me nesta infame sepultura,
Que é sepulcro sem honras,
Breve masmorra, escura.

Aqui, ó minha Amada, nem consigo
Venha outro desgraçado
Sentir também comigo.

Mas se esta companhia não mereço,
Os Deuses me dão outra,
Inda de mais apreço.

Não é, não, ilusão o que te digo;
Tu mesma me acompanhas;
Peno, mas é contigo.

Não vejo as tuas faces graciosas,
Os teus soltos cabelos,
As tuas mãos mimosas.

Se eu as visse, infeliz me não dissera,
Bem que subira ao Potro,
Bem que na Cruz pendera.

Não ouço as tuas vozes magoadas,
Com ardentes suspiros
Às vezes mal formadas.

Mas vejo, ó cara, as tuas letras belas;[87]
Uma por uma beijo,
E choro então sobre elas.

---

87. Este verso, complementado pelo que se lê linhas abaixo ("De novo a carta..."), sugere que Gonzaga recebia correspondência de sua *Marília*, Maria Doroteia Joaquina de Seixas.

Tu me dizes que siga o meu destino;
Que o teu amor, na ausência,
Será leal e fino.

De novo a carta ao coração aperto,
De novo a molha o pranto,
Que de ternura verto.

Ah! leve muito embora o duro Fado
A tudo quanto tenho
Com meu suor ganhado!

Eu juro que do roubo nem me queixe,
Contanto, ó minha cara,
Que este só bem me deixe.

Que males voluntários não subiram
Os que te amam, somente
Por que menos te ouviram?

Dê pois aos mais seus bens a Deusa cega;[88]
Que eu tenho aquela glória,
Que a mil felizes nega.

Lira XXXII

Se o vasto mar se encapela,
E na rocha em flor rebenta,
Grossa nau, que não tem leme,
Em vão sustentar-se intenta;
Até que naufraga e corre
À discrição da tormenta.

88. A Fortuna.

Quem não tem uma Beleza,
Em que ponha o seu cuidado,
Se o Céu se cobre de nuvens,
E se assopra o vento irado,
Não tem forças que resistam
Ao impulso do seu fado.

Nesta sombria masmorra,
Aonde, Marília, vivo,
Encosto na mão o rosto,
Fico às vezes pensativo.
Ah! que imagens tão funestas
Me finge o pesar ativo!

Parece que vejo a honra,
Marília, toda enlutada;
A face de um pai, rugosa,
Num mar de pranto banhada;
Os amigos macilentos,
E a família consternada.

Quero voltar os meus olhos
Para outro diverso lado:
Vejo numa grande Praça
Um teatro levantado;
Vejo as Cruzes, vejo os Potros,
Vejo o Alfange afiado.

Um frio suor me cobre,
Lassam-se os membros, suspiro;
Busco alívio às minhas ânsias,
Não o descubro, deliro.
Já, meu Bem, já me parece,
Que nas mãos da morte expiro.

Vem-me então ao pensamento
A tua testa nevada,
Os teus meigos, vivos olhos,
A tua face rosada,
Os teus dentes cristalinos,
A tua boca engraçada.

Qual, Marília, a estrela d'alva
Que a negra noite afugenta;
Qual o Sol, que a névoa espalha,
Apenas a terra aquenta;
Ou qual Íris[89], que o Céu limpa,
Quando se vê na tormenta,

Assim, Marília, desterro
Triste ilusão e demência;
Faz de novo o seu ofício
A razão e a prudência;
E firmo esperanças doces
Sobre a cândida inocência.

Restauro as forças perdidas,
Sobe a viva cor ao rosto,
Gira o sangue pela veia,
E bate o pulso composto.
Vê, Marília, o quanto pode
Contra os meus males teu rosto!

---

89. (Mit.) Símbolo do arco-íris, era servidora de Hera e tinha a missão de transmitir as mensagens dos deuses aos homens.

Lira XXXIII

Morri, ó minha Bela;
Não foi a Parca impia,
Que na tremenda roca,
Sem ter descanso fia.
Não foi, digo, não foi a morte feia,
Quem o ferro moveu, e abriu no peito
A palpitante veia.

Eu, Marília, respiro;
Mas o mal, que suporto,
É tão tirano e forte,
Que já me dou por morto.
A insolente calúnia depravada
Ergueu-se contra mim, vibrou da língua
A venenosa espada.

Inda, ó bela, não vejo
Cadafalso enlutado,
Nem de torpe verdugo
Braço de ferro armado.
Mas vivo neste mundo, ó sorte impia,
E dele só me mostra a estreita fresta
O quando é noite ou dia.

Olhos baços, sumidos,
Macilento, escarnado,
Barba crescida e hirsuta
Cabelo desgrenhado.
Ah! que imagem tão digna de piedade!
Mas é, Minha Marília, como vive
Um Réu de Majestade.

Venha o processo, venha,
Na inocência me fundo;
Mas não morreram outros,
Que davam honra ao mundo?[90]
O tormento, minha alma, não recuses:
A quem, sábio, cumpriu as leis sagradas
Servem de sólio as cruzes.

Tu, Marília, se ouvires,
Que ante o teu rosto aflito
O meu nome se ultraja
C'o suposto delito,
Dize severa assim em meu abono:
Não toma as armas contra um cetro justo
Alma digna de um trono.

Lira XXXIV

Vou-me, ó Bela, deitar na dura cama,
De que nem sequer sou o pobre dono;
Estende sobre mim Morfeu as asas,
E vem ligeiro o sono.

Os sonhos, que rodeiam a tarimba,
Mil cousas vão pintar na minha ideia;
Não pintam cadafalsos, não, não pintam
Nenhuma imagem feia.

90. Estes quatro versos revelam a angústia do poeta, confiando na lei e ao mesmo tempo desconfiando de sua aplicação.

Pintam que estou bordando um teu vestido;
Que um menino com asas, cego e loiro,
Me enfia nas agulhas o delgado,
O brando fio de oiro.

Pintam que entrando vou na grande Igreja:
Pintam que as mãos nos damos, e aqui vejo
Subir-te à branca face a cor mimosa,
A viva cor do pejo.

Pintam que nos conduz doirada sege
À nossa habilitação; que mil amores
Desfolham sobre o leito as moles folhas
Das mais cheirosas flores.

Pintam que dessa terra nos partimos;
Que os amigos, saudosos e suspensos,
Apertam, nos inchados, roxos olhos
Os já molhados lenços.

Pintam que os mares sulco da Bahia,[91]
Onde passei a flor da minha idade.
Que descubro as palmeiras, e em dois bairros
Partida a grã Cidade.

Pintam leve escaler, e que na prancha
O braço já te of'reço, reverente;
Que te aponta c'o dedo, mal te avista,
Amontoada gente.

---

91. O casamento de Gonzaga com Maria Doroteia estava marcado para o fim de maio (ele foi preso no dia 23). Se realizado, os noivos logo partiriam para a Bahia, onde o poeta seria empossado como desembargador da Relação, cargo para o qual estava designado desde 11 de outubro de 1786.

Aqui, *alerta*, grita o mau soldado;
E o outro, *alerta estou*, lhe diz, gritando.
Acordo com a bulha, então conheço
Que estava aqui sonhando.

Se o meu crime não fosse só de amores,
A ver-me delinquente, réu de morte,
Não sonhara, Marília, só contigo,
Sonhara de outra sorte.

Lira XXXV

Se lá te chegarem
Aos ternos ouvidos
Uns tristes gemidos,
Repara, Marília,
Verás que são meus.
Ah! dá-lhes abrigo,
Marília, nos peitos,
Aqui os conserva
Em laços estreitos,
Unidos aos teus.

O vento ligeiro,
De ouvi-los movido,
Os pede a Cupido,
Que a todos apanha,
E lá tos vai pôr.
Ah! não os desprezes;
Porque se conspira
O Céu em meu dano,
E a glória me tira
De honrado Pastor.

Têm estes suspiros
Motivo dobrado:
Perdi o meu gado,
Perdi, que mais vale,
O bem de te ver.
    Se os não receberes,
Amante por ora,
Por serem de um triste,
Os deves, Pastora,
Por honra acolher.

Virá, minha bela,
Virá uma idade,
Que vista a verdade,
Gostosa me entregues
O teu coração.
    Os crimes desonram
Se são existentes;
Os ferros, que oprimem
As mãos inocentes,
Infames não são.

Chegando este dia,
Os braços daremos:
Então mandaremos
De gosto e ternura
Suspiros aos Céus.
    Pôr-me-ão no sepulcro
A honrosa inscrição:
Se teve delito,
Só foi a paixão,
Que a todos faz réus.

Lira XXXVI

Não hás de ter horror, minha Marília,
De tocar pulso que sofreu os ferros?
Infames impostores mos lançaram
E não puníveis erros.

Esta mão, esta mão, que ré parece,
Ah! não foi uma vez, não foi só uma,
Que em defesa dos bens, que são do Estado,
Moveu a sábia pluma.

É certo, minha amada, sim, é certo
Que eu aspirava a ser de um Reino o dono[92];
Mas este grande império, que eu firmava,
Tinha em teu peito o trono.

As forças que se opunham não batiam
De grossa peça e de mosquete os tiros;
Só eram minhas armas os soluços,
Os rogos, e os suspiros.

De cuidados, desvelos e finezas
Formava, ó minha bela, os meus guerreiros;
Não tinha no meu campo estranhas tropas,
Que amor não quer parceiros.

92. Gonzaga nega em verso o que já vinha negando nos depoimentos: sua participação na Conjuração Mineira. As devassas, na fase instrutória, nenhum delito lhe apuraram que provasse as denúncias, e a sentença, um documento iníquo, condena-o por ser, dentre os réus, o mais talentoso, o mais ilustrado e, assim, o mais capaz de dirigir o levante...

Mas pode ainda vir um claro dia,
Em que estas vis algemas, estes laços,
Se mudem em prisões de alívio cheias
Nos teus mimosos braços.

Vaidoso então direi: *Eu sou Monarca,*
Dou leis, que é mais, num coração divino.
Sólio que ergueu o gosto, e não a força,
É que é de apreço dino.

Lira XXXVII

Meu sonoro Passarinho,
Se sabes do meu tormento
E buscas dar-me, cantando,
Um doce contentamento,

Ah! não cantes, mais não cantes,
Se me queres ser propício;
Eu te dou em que me faças
Muito maior benefício.

Ergue o corpo, os ares rompe,
Procura o Porto da Estrela,
Sobe à serra, e se cansares,
Descansa num tronco dela.

Toma de Minas a estrada,
Na Igreja Nova, a que fica
Ao direito lado, e segue
Sempre firme a Vila-Rica.

Entra nesta grande terra,
Passa uma formosa ponte,
Passa a segunda, a terceira
Tem um palácio defronte.

Ele tem ao pé da porta
Uma rasgada janela,
É da sala, aonde assiste
A minha Marília bela.

Para bem a conheceres,
Eu te dou os sinais todos
Do seu gesto, do seu talhe,
Das suas feições e modos.

O seu semblante é redondo,
Sobrancelhas arqueadas,
Negros e finos cabelos
Carnes de neve formadas.

A boca risonha e breve,
Suas faces cor-de-rosa,
Numa palavra: a que vires
Entre todas mais formosa.

Chega então ao seu ouvido,
Dize que sou quem te mando,
Que vivo nesta masmorra,
Mas sem alívio penando.

Lira XXXVIII

Eu vejo aquela Deusa,
Astreia pelos Sábios nomeada;[93]
Traz nos olhos a venda,
Balança numa mão, na outra espada.
O vê-la não me causa um leve abalo,
Mas antes, atrevido,
Eu a vou procurar, e assim lhe falo:

Qual é o povo, qual é o povo, dize,
Que comigo concorre no atentado?
Americano Povo!
O Povo mais fiel e mais honrado!
Tira as Praças das mãos do injusto dono,
Ele mesmo as submete
De novo à sujeição do Luso Trono.

Eu vejo nas histórias
Rendido Pernambuco aos Holandeses;
Eu vejo saqueada
Esta ilustre Cidade dos Franceses[94],
Lá se derrama o sangue brasileiro.
Aqui não basta, supre
Das roubadas famílias o dinheiro...

Enquanto assim falava,
Mostrava a Deusa não me ouvir com gosto;
Punha-me a vista tesa,

93. (Mit.) Filha de Zeus, a personificação da justiça. Quando percebeu a degenerescência moral da humanidade e a inutilidade de sua missão, foi para o céu, transformando-se na Constelação de Virgem.

94. A cidade do Rio de Janeiro, saqueada pelos franceses.

Enrugava o severo e aceso rosto.
Não suspendo contudo no que digo;
Sem o menor receio,
Faço que a não entendo e assim prossigo:

Acabou-se tirana
A honra, o zelo deste Luso Povo?
Não é aquele mesmo,
Que estas ações obrou, é outro novo?
E pode haver direito que te mova
A supor-nos culpados,
Quando em nosso favor conspira a prova?

Há em Minas um homem,
Ou por seu nascimento ou seu tesoiro
Que aos outros mover possa
À força de respeito, a força de oiro?
Os bens de quantos julgas rebelados
Podem manter na guerra,
Por um ano sequer, a cem soldados?

Ama a gente assisada
A honra, a vida, o cabedal tão pouco?
Que ponha uma ação destas
Nas mãos dum pobre, sem respeito e louco?[95]
E quando a comissão lhe confiasse,
Não tinha pobre soma,
Que por paga ou esmola lhe mandasse?

---

95. Tiradentes. Alguns admiradores do alferes, como o anotador da segunda edição dos *Autos de devassa da Inconfidência Mineira*, Tarquínio J. B. de Oliveira, querem fazer crer que o "pobre, sem respeito e louco" era o coronel Joaquim Silvério dos Reis. Ora, a "ação" jamais esteve posta em suas mãos e mesmo ele jamais teve essa fama.

Nos limites de Minas,
A quem se convidasse não havia?
Ir-se-iam buscar sócios
Na Colônia também, ou na Bahia?
Está voltada a Corte brasileira
Na terra dos Suíços,
Onde as Potências vão erguer bandeira?

O mesmo autor do insulto
Mais a riso do que a terror me move;
Deu-lhe nesta loucura,
Podia-se fazer Netuno[96] *ou Jove.*
A prudência é tratá-lo por demente,
Ou prendê-lo, ou entregá-lo,
Para dele zombar a moça gente.[97]

Aqui, aqui a Deusa
Um extenso suspiro aos ares solta;
Repete outro suspiro,
E, sem palavra dar, as costas volta.
Tu te irritas! lhe digo, *e quem te ofende?*
Ainda nada ouviste
Do que respeita a mim; sossega, atende!

E tinha que ofertar-me
Um pequeno, abatido e novo Estado,

96. (Mit.) Entre os gregos, Poseidon, deus dos mares.

97. Novamente Tiradentes. Gonzaga não o suportava e se negava a recebê-lo em sua casa, conforme testemunhou Cláudio Manuel da Costa (*Autos de devassa da Inconfidência Mineira*. Belo Horizonte: Imprensa Oficial, 1976-83. v.2, p. 132. 2ª ed.). De resto, foi Tiradentes (e também o Padre Toledo) que espalhou a notícia de que Gonzaga era o cabeça da conjuração e estava encarregado de fazer as leis da nova república (*v.* nota 59), o que era uma rematada mentira.

Com as armas de fora,
Com as suas próprias armas consternado?
Achas também que eu sou tão pouco esperto,
Que um bem tão contingente
Me obrigasse a perder um bem já certo?

Não sou aquele mesmo,
Que a extinção do débito pedia?
Já viste levantado
Quem à sombra da paz alegre ria?
Um direito arriscado eu busco e feio,
E quero que se evite
Toda a razão do insulto, e todo o meio?

Não sabes quanto apresso
Os vagarosos dias da partida?
Que a fortuna, risonha,
A mais formosos campos me convida?
Não me unira, se os houvesse, aos vis traidores
Daqui nem oiro quero;
Quero levar somente os meus amores.

Eu, ó cega, não tenho
Um grosso cabedal, dos pais herdado.
Não o recebi no emprego,
Nem tenho as instruções dum bom Soldado.
Far-me-iam os rebeldes o primeiro
No Império, que se erguia
À custa do seu sangue e seu dinheiro?[98]

98. Nas últimas quatro estrofes, Gonzaga repete os argumentos que usou nos dois primeiros interrogatórios a que foi submetido.

Aqui, aqui de todo
A Deusa se perturba, e mais se altera;
Morde o seu próprio beiço;
O sítio deixa, nada mais espera.
Ah! vai-te, então lhe digo*, vai-te embora;*
Melhor, minha Marília,
Eu gastasse contigo mais esta hora.

Terceira Parte

Lira I

Convidou-me a ver seu Templo
O cego Cupido um dia;
Encheu-se de gosto o peito,
Fiz deste Deus um conceito,
Como dele não fazia.

Aqui vejo, descorados,
Os terníssimos amantes
Entre as cadeias gemerem;
Vejo nas piras arderem
As entranhas palpitantes.

A quem ama, quanto avista
(Diz Cupido) *não aterra:*
Quem quer cingir o loureiro
Também vai sofrer primeiro
Todo o trabalho da guerra.

Contudo, que te dilates
Neste sítio não convenho;
Deixa a estância lastimosa,
Vem ver a Sala formosa
Aonde o meu Sólio tenho.

Entro noutro grande Templo:
Que perspectiva tão grata!

Tudo quanto nele vejo
Passa além do meu desejo,
E o discurso me arrebata.

É de mármore e de jaspe
O soberbo frontispício;
E todo por dentro de ouro;
E a um tão rico tesouro
Inda excede o artifício.

As janelas não se adornam
De sedas de finas cores:
Em lugar de cortinados,
Estão presos e enlaçados
Festões de mimosas flores.

Em torno da Sala Augusta
Ardem dourados braseiros,
Queimam resinas que estalam,
E, postas em fumo, exalam
Da Pancaia os gratos cheiros.

Ao pé do Trono os seus Gênios
Alegres hinos entoam;
Dançam as Graças formosas,
E aqui as Horas gostosas
Em vez de correrem, voam.

Estão sobre o pavimento,
Igualmente reclinados
Nos colos de seus amores,
Os grandes Reis e Pastores,
De frescas rosas coroados.

Mal o acordo restauro,
Me diz o Moço risonho:
Como ainda não reparas
Em tantas cousas tão raras,
De que este Templo componho?

Sabes a história de Jove?
Aqui tens o manso Touro[99],
Tens o Cisne decantado[100],
A Velha em que foi mudado,
Com a grossa chuva d'ouro.[101]

Aplica, Dirceu, agora
Os olhos para esta parte:
Aqui tens o verde Louro
Que inda estima o Pastor louro[102],
E a Rede que enlaça a Marte.[103]

Vês este Arco destramente
De branco marfim ornado?
À casta Deusa servia,
E o perdeu, quando dormia
Do gentil Pastor ao lado.[104]

---

99. *v.* nota 8.

100. (Mit.) Para seduzir Leda, filha do rei da Etólia, Zeus transformou-se em cisne. Uma das filhas de Leda foi Helena, cujo rapto deflagraria a guerra de Troia.

101. *v.* nota 7.

102. (Mit.) Ninfa amada por Apolo. Perseguida pelo deus, pediu proteção a seu pai, Ládon, que a transformou num verde loureiro.

103. *v.* nota 6.

104. *v.* notas 16 e 17. Ártemis (Selene) descia do céu para contemplar Endimião em seu sono eterno.

Vês esta Lira? Com ela
Tira Orfeu ao bem querido
Dos infernos aonde estava[105]
Vês este Farol? Guiava
Ao meu nadador de Abido.[106]

Vês estas duas Espadas
Ainda de sangue cheias?
A Tisbe e a Dido mataram;
E os fortes pulsos armaram
De Píramo e mais de Eneias.[107]

Sabes quem vai no navio,
Que nesse mar se levanta?
É Teseu[108]*. Vês esse pomo?*
É de Cidipe[109]*, assim como*
São aqueles de Atalanta[110]*.*

---

105. *v*. nota 26.

106. *v.* nota 25.

107. (Mit.) Tisbe se suicidou ao saber-se grávida antes do casamento, e Píramo, seu amado, seguiu-lhe os passos. Sobre Dido e Enéas, *v*. nota 53.

108. (Mit.) Herói ateniense. Entre suas conquistas amorosas, contam-se Ariadne, filha do rei de Creta, Antíope, uma amazona (mãe de Hipólito), e Fedra, irmã de Ariadne, além de Helena de Troia, quando era menina.

109. (Mit.) Para casar-se com Cidipe, bela moça ateniense, Acôncio valeu-se de um estratagema: fez com que ela, no templo de Ártemis, lesse a frase "Juro pelo templo de Ártemis que me casarei com Acôncio", que ele escrevera num marmelo com a ponta de um punhal.

110. (Mit.) Atalanta, embora avessa aos homens, tinha muitos pretendentes, e para afastá-los, convidava-os a disputar uma corrida: aquele que a vencesse, seria seu esposo, mas quem perdesse seria morto. Hipomenes veio medir-se com ela, trazendo três pomos de ouro. A cada vez que era ultrapassado, deixava cair um pomo e Atalanta parava para pegá-lo. Venceu-a e, assim, casou-se com ela.

Vê agora estes retratos,
Que destros pincéis fizeram:
Ah! que pinturas divinas!
Todos são das Heroínas,
Que mais vitórias me deram.

Repara nesse semblante,
É o semblante de Helena.
Lá se avista a Grega Armada,
E aqui de Troia abrasada
Se mostra a funesta cena.

Vês estoutra formosura?
É a bela Deidamia;
Lá tem Aquiles ao lado,
De uma saia disfarçado,
Como com ela vivia.[111]

Cleópatra é quem se segue:
Ali tens lançando a linha
Marco Antônio sossegado,
Ao tempo em que Augusto, irado,
Com armada mão caminha.[112]

Aqui Hermes[113] *se figura:*
Vê um Sábio dos maiores
Qual infame delinquente,

---

111. *v.* nota 18. Na corte de Licomedes, enquanto lá viveu, Aquiles amou Deidâmia, filha do anfitrião, e com ela teve um filho, Neoptólemo.

112. *v.* nota 54.

113. (Mit.) Mensageiro de Zeus e das divindades infernais, considerado protetor dos viajantes. Nas estradas, sobretudo nas encruzilhadas, havia pequenos pilares em sua homenagem, as hermas.

Ir desterrado, somente
Por contar os seus louvores.

Este é de Ônfale o retrato:
Aqui tens (quem o diria!)
Ao grande Hércules sentado
Com as mais damas no estrado,
Onde em seu obséquio fia.

Anda agora a estoutra parte:
Conheces, Dirceu, aquela?
– Onde vais? (lhe digo) explica
Que beleza aqui nos fica,
Sem fazeres caso dela?

Ergo os olhos, ponho a vista
Na imagem não explicada.
Oh! quanto é digna de apreço!
Mal exclamo assim, conheço
Ser a minha doce amada.

O coracão pelos olhos
Em terno pranto saía
E no meu peito saltava;
Disfarçado, Amor olhava
Para mim a furto, e ria.

Depois de passado tempo,
A mim se chega e me abala;
Desperto de tanto assombro,
Ele bate no meu ombro,
E assim afável me fala:

Sim, caro Dirceu, é esta
A divina formosura,
Que te destina Cupido;
Aqui tens o laço urdido
Da tua imortal ventura.

O Númen, Dirceu, o Númen,
Que aos trabalhos de um humano
Desta sorte felicita,
Não é, como se acredita,
Não é um Númen tirano.

Olha se a cega Fortuna,
De tudo quanto se cria,
Ou nos mares ou na terra,
Em o seu tesouro encerra
Outro bem de mais valia?

Lisas faces cor-de-rosa,
Brancos dentes, olhos belos,
Grossos beiços encarnados,
Pescoço e peitos nevados,
Negros e finos cabelos,

Não vale mais que cingires,
C'o braço de sangue imundo,
Na cabeça o verde louro?
Do que teres montes d'ouro?
Do que dares leis ao mundo?

Ah! ensina, sim, ensina
Ao vil mortal atrevido
E ao peito que adora, terno,
Que tem, para um Inferno,
Para outro um Céu, Cupido.

Ao resto Amor me convida;
Eu chorando a mão lhe beijo
E lhe digo: – Amor, perdoa
Não seguir-te, pois não voa
A ver mais o meu desejo.

Lira II

Em vão do amado
Filho que foge,
Vênus quer hoje
Notícias ter.

Sagaz e astuto
Ele se esconde
Em parte aonde
Ninguém o vê.

Dos sinais dados
Bem se conhece
Que ele aborrece
A Mãe que tem.

Se os seus defeitos
Ela publica,
Razão lhe fica
De se ofender.

Foge o Menino
E, disfarçado,
Vive abrigado
Numa cruel.

Com mil carícias
A ímpia o trata;
Nem o desata
Do peito seu.

Se a semelhança
Sempre amor gera,
Deve uma fera
Outra acolher.
Ah! se o teu nome,
Marília, calo,
Que de ti falo
Bem podes crer.

Lira III

Tu não verás, Marília, cem cativos
Tirarem o cascalho e a rica terra,
Ou dos cercos dos rios caudalosos,
Ou da minada Serra.

Não verás separar ao hábil negro
Do pesado esmeril a grossa areia,
E já brilharem os granetes de ouro
No fundo da bateia.

Não verás derrubar os virgens matos,
Queimar as capoeiras inda novas,
Servir de adubo à terra a fértil cinza,
Lançar os grãos nas covas.

Não verás enrolar negros pacotes
Das secas folhas do cheiroso fumo;
Nem espremer entre as dentadas rodas
Da doce cana o sumo.

Verás em cima da espaçosa mesa
Altos volumes de enredados feitos;
Ver-me-ás folhear os grandes livros,
E decidir os pleitos.

Enquanto revolver os meus Consultos,
Tu me farás gostosa companhia,
Lendo os fastos da sábia, mestra História,
Os cantos da Poesia.

Lerás, em alta voz, a imagem bela;
Eu, vendo que lhe dás o justo apreço,
Gostoso tornarei a ler de novo
O cansado processo.

Se encontrares louvada uma beleza,
Marília, não lhe invejes a ventura,
Que tens quem leve à mais remota idade
A tua formosura.

Lira IV

Amor por acaso
A um pouso chegava,
Aonde acolhida
A Morte se achava.

Risonhos e alegres
Os braços se deram,
E as armas unidas
Num sítio puseram.

De empresas tamanhas
Cansados já vinham,
E em larga conversa
A noite entretinham.

Um conta que há pouco
A seta aguçada
Em uma beleza
Deixara empregada.

Diz outro que as flechas
Cravara no peito
De um grande, que teve
O Mundo sujeito.

Enquanto das forças
Cada um presumia,
Seus membros já lassos
O sono rendia.

Dormindo tranquilos,
A noite passaram
E inda antes da Aurora
Com ânsia acordaram.

É tempo que o leito
Deixemos, ó Morte
Amor, já erguido,
Falou desta sorte.

É tempo, em resposta
A Morte repete,
Que à nossa fadiga
Dormir não compete.

As armas colhamos,
Voltemos ao giro:
Cada um a seu gosto
Empregue o seu tiro.

Vão inda, c'os olhos
Em sono turbados,
Ao sítio em que os ferros
Estão pendurados.

Amor para as setas
Da Morte se inclina;
De Amor logo a Morte
C'o as flechas atina.

Oh! golpes tiranos!
Oh! mãos homicidas!
São tiros da Morte
De Amor as feridas.

De um sonho, que pinto,
Marília, conhece
Se amor, ou se morte
Esta alma padece.

Lira V

Eu não sou, minha Nise, pegureiro,
Que viva de guardar alheio gado;
Nem sou pastor grosseiro,
Dos frios gelos e do Sol queimado,
Que veste as pardas lãs do seu cordeiro.
Graças, ó Nise bela,
Graças à minha Estrela!

A Cresso não igualo no tesouro[114];
Mas deu-me a Sorte com que honrado viva.
Não cinjo coroa d'ouro;
Mas Povos mando, e na testa altiva
Verdeja a Coroa do Sagrado Louro.
Graças, ó Nise bela,
Graças à minha Estrela!

Maldito seja aquele, que só trata
De contar, escondido, a vil riqueza,
Que, cego, se arrebata
Em buscar nos Avós a vã nobreza,
Com que aos mais homens, seus iguais, abata.
Graças, ó Nise bela,
Graças à minha Estrela!

As fortunas, que em torno de mim vejo,
Por falsos bens que enganam, não reputo;
Mas antes mais desejo,
Não para me voltar soberbo em bruto,
Por ver-me grande, quando a mão te beijo.

---

114. Rei da Lídia (560-546 a.C.), imensamente rico por causa das areias auríferas do Rio Páctolo.

Graças, ó Nise bela,
Graças à minha Estrela!

Pela Ninfa que jaz vertida em Louro,[115]
O grande Deus Apolo não delira?
Jove, mudado em Touro
E já mudado em velha não suspira?
Seguir aos Deuses nunca foi desdouro.
Graças, ó Nise bela,
Graças à minha Estrela!

Pretendam Anibais honrar a História,[116]
E cinjam com a mão, de sangue cheia,
Os louros da vitória.
Eu revolvo os teus dons na minha ideia:
Só dons que vêm do céu são minha glória.
Graças, ó Nise bela,
Graças à minha Estrela!

Lira VI

Tradução

Amor, que seus passos
Ligeiro movia
Por mil embaraços,
Que um bosque tecia,

Nos ombros me acena
Com brando raminho;

115. *v.* nota 102.

116. General cartaginês (147-183 a.C.) na segunda guerra púnica, célebre por ter ultrapassado os Alpes com seu exército.

E logo me ordena
Que siga o caminho.

Por entre a espessura
Do bosque me avanço;
E atrás da ventura
Incauto me lanço.

Já tinha calcado
Os montes mais duros;
C'o peito rasgado
Os rios escuros.

Eis que uma serpente
A língua vibrando,
Me crava o seu dente,
Me deixa expirando.

Então, surpreendida
Da dor, que a traspassa,
Minha alma ferida
Aos beiços se passa.

As iras detesta
Amor isto vendo,
E as asas na testa
Me bate dizendo:

Tu choras, tu gemes,
Da serpe tocado,
E o braço não temes
De um Númen irado?

Lira VII

Tu, formosa Marília, já fizeste
Com teus olhos ditosas as campinas
Do turvo Ribeirão em que nasceste:
        Deixa, Marília, agora
        As já lavradas serras;
Anda, afoita, romper os grossos mares,
Anda encher de alegria estranhas terras.
        Ah! que por ti suspiram
        Os meus saudosos lares!

Não corres como Safo[117] sem ventura,
Em seguimento de um cruel ingrato,
Que não cede aos encantos da ternura:
        Segues um fino amante,
        Que, a perder-te, morria.
Quebra os grilhões do sangue e vem, ó bela,
Tu já foste no Sul a minha guia,
        Ah! deves ser no Norte
        Também a minha Estrela.

Verás ao Deus Netuno sossegado,
Aplainar c'o tridente as crespas ondas,
Ficar como dormindo o mar salgado,
        Verás, verás d'alheta
        Soprar o brando vento;
Mover-se o leme, desrizar-se o linho,
Seguirem os Delfins o movimento,
        Que leva na carreira
        O empavesado pinho.

---

117. Poetisa da ilha de Lesbos (c. 600 a.C.). Embora suas preferências sexuais fossem pelas mulheres, conta a lenda que cometeu suicídio por amor a um homem, Fáon.

Verás como o Leão, na proa arfando,
Converte em branca espuma as negras ondas,
E as talha e corta com murmúrio brando;
Verás, verás, Marília,
Da janela dourada,
Que uma comprida estrada representa
A linfa cristalina, que, pisada
Pela popa que foge,
Em borbotões rebenta.

Bruto peixe verás de corpo imenso
Tornar ao torto anzol, depois de o terem
Pela rasgada boca ao ar suspenso;
Os pequenos peixinhos
Quais pássaros voarem;
De toninhas verás o mar coalhado,
Ora surgirem, ora mergulharem,
Fingindo ao longe as ondas,
Que forma o vento irado.

Verás que o grande monstro se apresenta,
Um repuxo formando com as águas,
Que ao ar espalha da robusta venta;
Verás, enfim, Marília,
As nuvens levantadas,
Umas de cor azul ou mais escuras,
Outras de cor de rosa ou prateadas
Fazerem no Horizonte
Mil diversas figuras.

Mal chegares à foz do claro Tejo[118],
Apenas ele vir o teu semblante,
Dará no leme do baixel um beijo.

---

118. Rio da Península Ibérica em cuja foz situa-se Lisboa.

Eu lhe direi vaidoso:
Não trago, não, comigo
Nem pedras de valor, nem montes d'ouro;
Roubei as áureas Minas e consigo
Trazer para os teus cofres
Este maior Tesouro.

Lira VIII

Em cima dos viventes fatigados
Morfeu as dormideiras espremia,[119]
Os mentirosos sonhos me cercavam;
Na vaga fantasia
Ao vivo me pintavam
As glórias que, desperto,
Meu coração pedia.

Eu vou, eu vou subindo a Nau possante,
Nos braços conduzindo a minha bela;
Volteia a grande roda, e a grossa amarra
Se enleia em torno dela;
Já ponho a proa à barra;
Já cai ao som do apito
Ora uma, ora outra vela.

Os arvoredos já se não distinguem;
A longa praia ao longe não branqueja;
E já se vão sumindo os altos montes.
Já não há que se veja
Nos claros Horizontes,

119. Manuel Bandeira observou a semelhança desses versos de Gonzaga com certa passagem das *Cartas chilenas*: "o sono... / em cima dos viventes espremendo / viçosas dormideiras..." (vv. 94-97).

Que não sejam vapores,
Que Céu e mar não seja.

Parece vão correndo as negras ondas,
E o pinho, qual rochedo, estar parado;
Ergue-se a onda, vem à Nau direita,
E quebra no costado;
O Navio se deita,
E ela finge a ladeira
Saindo do outro lado.

Vejo nadarem os brilhantes peixes,
Cair do Lais a linha que os engana;
Um, dourado, no anzol está pendente,
Sofre morte tirana;
Entretanto que a sente,
Ao tombadilho açouta
A cauda e barbatana.

Sobre as ondas descubro uma Carroça,
De formosas conchinhas enfeitada;
Delfins a movem e vem Tétis[120] nela;
Na popa está parada;
Nem pode a Deusa bela
Tirar os brandos olhos
Da minha doce amada.
Nas costas dos Golfinhos vêm montados
Os nus Tritões[121], deixando a Esfera cheia
Co'rouco som dos búzios retorcidos.

---

120. (Mit.) Tetis (e não Tétis), divindade que se casou com seu irmão Oceano e teve com ele mais de três mil filhos, os deuses dos rios do mundo.
121. (Mit.) Divindades marinhas do cortejo de Poseidon.

Recreia, sim, recreia
Meus atentos ouvidos
O canto sonoroso
Da música Sereia.

Já sobe ao grande mastro o bom gajeiro;
Descobre arrumação e grita "Terra!";
À murada caminha, alegre, a gente;
Alguns entendem que erra;
Pelo imóvel somente
Conheço não ser nuvem,
Sim o cume de alta serra.

De Mafra já descubro as grandes torres
(E que nova alegria me arrebata!)
De Cascais a muleta já vem perto;
Já de abordar-nos trata;
Já o piloto esperto,
Inda debaixo manda
Soltar mezena e gata.

Eu vou entrando na espaçosa barra,
A grossa artilharia já me atroa;
Lá ficam Paço de Arcos e a Junqueira;
Já corre pela proa
Uma amarra ligeira;
E a Nau já fica surta
Diante da grã Lisboa.

Agora, agora sim, agora espero
Renovar da amizade antigos laços.
Eu vejo ao velho Pai, que lentamente[122]

122. Ainda vivia o pai do poeta, João Bernardo Gonzaga, residente em Lisboa.

Arrasta a mim os passos.
Ah! como vem contente!
De longe mal me avista,
Já vem abrindo os braços.

Dobro os joelhos, pelos pés o aperto,
E manda que dos pés ao peito passe.
Marília. quanto eu fiz, fazer intenta;
Antes que os pés lhe abrace,
Nos braços a sustenta;
Dá-lhe de filha o nome,
Beija-lhe a branca face.

Vou a descer a escada (ó céus!), acordo
Conheço não estar no claro Tejo;
Abro os olhos, procuro a minha amada,
E nem sequer a vejo.
Venha a hora afortunada,
Em que não fique em sonhos
Tão ardente desejo!

A UMA DESPEDIDA[123]

Chegou-se o dia mais triste
Que o dia da morte feia:
Caí do trono, Dirceia,
Do trono dos braços teus.
Ah! não posso, não, não posso
Dizer-te, meu bem, adeus!

123. Condenado e na iminência da partida para o degredo africano, o poeta despede-se da amada.

Ímpio Fado, que não pôde
Os doces laços quebrar-me,
Por vingança quer levar-me
Distante dos olhos teus.
    Ah! não posso, não, não posso
    Dizer-te, meu bem, adeus!

Parto, enfim, e vou sem ver-te,
Que neste fatal instante
Há de ser o teu semblante
Mui funesto aos olhos meus.
    Ah! não posso, não, não posso
    Dizer-te, meu bem, adeus!

E crês, Dirceia, que devem
Ver meus olhos penduradas
Tristes lágrimas salgadas
Correrem dos olhos teus?
    Ah! não posso, não, não posso
    Dizer-te, meu bem, adeus!

De teus olhos engraçados,
Que puderam, piedosos,
De tristes em venturosos
Converter os dias meus?
    Ah! não posso, não, não posso
    Dizer-te, meu bem, adeus!

Desses teus olhos divinos,
Que, ternos e sossegados,
Enchem de flores os prados,
Enchem de luzes os Céus?
    Ah! não posso, não, não posso
    Dizer-te, meu bem, adeus!

Desses teus olhos, enfim,
Que domam Tigres valentes,
Que nem rígidas Serpentes
Resistem aos tiros seus?
        Ah! não posso, não, não posso
        Dizer-te, meu bem, adeus!

Da maneira que seriam
Em não ver-te criminosos,
Enquanto foram ditosos,
Agora seriam réus.
        Ah! não posso, não, não posso
        Dizer-te, meu bem, adeus!

Parto, enfim, Dirceia bela,
Rasgando os ares cinzentos;
Virão nas asas dos ventos
Buscar-te os suspiros meus.
        Ah! não posso, não, não posso
        Dizer-te, meu bem, adeus!

Talvez, Dirceia adorada,
Que os duros fados me neguem
A glória de que eles cheguem
Aos ternos ouvidos teus.
        Ah! não posso, não, não posso
        Dizer-te, meu bem, adeus!

Mas se ditosos chegarem,
Pois os solto a teu respeito,
Dá-lhes abrigo no peito,
Junta-os c'os suspiros teus.
        Ah! não posso, não, não posso
        Dizer-te, meu bem, adeus!

E quando tornar a ver-te,
Ajuntando rosto a rosto,
Entre os que dermos de gosto
Restitui-me então os meus.
    Ah! não posso, não, não posso
    Dizer-te, meu bem, adeus!

Canção

Dês que vi, formosa Elvira,
Os teus divinos cabelos,
Esses vivos olhos belos,
Que inveja dos astros são,
Foi-se, Elvira, foi-se embora
Toda a paz do coração.
    E talvez, talvez que Elvira
    Nem se lembre de que Alceu,
    Se suspira,
    Se delira,
    É só por motivo seu.

Enquanto, Elvira, se oculta
A meus olhos teu semblante,
Um minuto, um breve instante
Parece que fim não tem.
Se alcanço de ver-te a glória,
Então voa o tempo bem.
    E talvez, talvez que Elvira
    Nem se lembre de que Alceu,
    Se suspira,
    Se delira,
    É só por motivo seu.

Quando te ris por acaso
Para outro qualquer sujeito,
Estala dentro do peito
De ciúme o coração;
Se me pões os olhos, julgo
Que zombas de mim então.
E talvez, talvez que Elvira
Nem se lembre de que Alceu,
Se suspira,
Se delira,
É só por motivo seu.

Quando há brinco na floresta,
E a divina Olaia canta,
O mesmo gado levanta
A cabeça para ouvir.
Só por mais que Alceu forceje
Não pode o prazer fingir.
E talvez, talvez que Elvira
Nem se lembre de que Alceu,
Se suspira,
Se delira,
É só por motivo seu.

Quando levo à clara fonte
O rebanho do meu gado,
Cai-me da mão o cajado,
E com ela à testa vou:
Fico pasmado, e ignoro
O lugar aonde estou.
E talvez, talvez que Elvira
Nem se lembre de que Alceu,
Se suspira,

Se delira,
É só por motivo seu.

Quando eu vou segar o trigo,
(Olha bem como ando cego!)
Numa parte nele pego,
Meto noutra a fouce em vão;
Dos que veem, alguns se riem,
Outros mostram compaixão.
E talvez, talvez que Elvira
Nem se lembre de que Alceu,
Se suspira,
Se delira,
É só por motivo seu.

Quando me deito no colmo,
Sempre sonho que te vejo,
Que te falo, e que te beijo
A branca, nevada mão.
Acordo, Pastora, e foges:
Eu fico mais triste, então.
E talvez, talvez que Elvira
Nem se lembre de que Alceu,
Se suspira,
Se delira,
É só por motivo seu.

Quando alguém meu mal pergunta,
Bem que seja a vez primeira,
Rompo, ainda que não queira,
O segredo, sem saber:
O teu nome, Elvira, digo
Quando devo o seu dizer.

E talvez, talvez que Elvira
Nem se lembre de que Alceu,
Se suspira,
Se delira,
É só por motivo seu.

Fujo ao trato dos pastores,
Para um bosque me retiro;
Com desafogo suspiro,
E chamo por ti, meu bem.
Os vales, que se enternecem,
Chamam-te ao longe também.
E talvez, talvez que Elvira
Nem se lembre de que Alceu,
Se suspira,
Se delira,
É só por motivo seu.

Quando escuto o triste mocho
A gemer no meu telhado,
Qualquer mal excogitado
Não me deve algum temor:
Só receio que me agoure
Mau sucesso ao meu amor.
E talvez, talvez que Elvira
Nem se lembre de que Alceu,
Se suspira,
Se delira,
É só por motivo seu.

Os pastores que me avistam,
Com o dedo já me apontam,
E à roda do fogo contam
Da maneira que me veem.

Sou o exemplo dos amantes,
Que esta nossa Aldeia tem.
E talvez, talvez que Elvira
Nem se lembre de que Alceu,
Se suspira,
Se delira,
É só por motivo seu.

Soneto I

É gentil, é prendada a minha Alteia;
As graças, a modéstia do seu rosto
Inspiram no meu peito maior gosto
Que ver o próprio trigo quando ondeia.

Mas vendo o lindo gesto de Dirceia
À nova sujeição me vejo exposto;
Ah! que é mais engraçado, mais composto
Que a pura Esfera, de mil astros cheia!

Prender as duas com grilhões estreitos
É uma ação (ó Deuses!) inconstante,
Indigna de sinceros, nobres peitos.

Cupido, se tens dó de um triste amante,
Ou forma de Lorino dous sujeitos,
Ou forma desses dous um só semblante.

Soneto II

Num fértil campo do Soberbo Douro[124],
Dormindo sobre a relva descansava,
Quando vi que a Fortuna me mostrava
Com alegre semblante o seu Tesouro.

De uma parte, um montão de prata e ouro
Com pedras de valor o chão curvava;
Aqui um cetro, ali um trono estava,
Pendiam coroas mil de grama e louro.

Acabou-se (diz-me então) *a desventura:*
De quantos bens te exponho qual te agrada,
Pois benigna os concedo, vai, procura.

Escolhi, acordei, e não vi nada:
Comigo assentei logo que a ventura
Nunca chega a passar de ser sonhada.

Soneto III

Enganei-me, enganei-me, paciência!
Acreditei as vozes, cri, Ormia,
Que a tua singeleza igualaria
A tua mais que angélica aparência.

Enganei-me, enganei-me, paciência!
Ao menos conheci que não devia
Por nas mãos de uma externa galhardia
O prazer, o sossego e a inocência.

124. Antiga província de Portugal.

Enganei-me, Cruel, com teu semblante,
E nada me admiro de faltares,
Que esse teu sexo nunca foi constante.

Mas tu perdeste mais em me enganares:
Que tu não acharás um firme amante,
E eu posso de traidoras ter milhares.

SONETO IV

Ainda que de Laura esteja ausente,
Há de a chama durar no peito amante;
Que existe retratado o seu semblante,
Se não nos olhos meus, na minha mente.

Mil vezes finjo vê-la, e eternamente
Abraço a sombra vã; só nesse instante
Conheço que ela está de mim distante,
Que tudo é ilusão que esta alma sente.

Talvez que ao bem de a ver Amor resista,
Por que minha paixão, que aos Céus é grata,
Por inocente assim melhor persista;

Pois quando só na ideia ma retrata,
Debuxa os dotes com que prende, vista,
Esconde as obras com que ofende, ingrata.

Soneto V

Ao Templo do Destino fui levado:
Sobre o Altar um Cofre se firmava,
Em cujo seio cada qual buscava,
Tremendo, anúncio do futuro estado.

Tiro um papel e leio (Céu Sagrado!
Com quanta causa o coração pulsava!);
Este duro Decreto escrito estava,
Com negra tinta pela mão do Fado:

Adore Polidoro a bela Ormia,
Sem dela conseguir a recompensa,
Nem quebrar-lhe os grilhões a tirania.

Das mãos Amor mo arranca, e sem detença
Três vezes o levando à boca impia
Jurou cumprir à risca a tal sentença.

Soneto VI

Ergue-te, ó Pedra, e desde a margem fria,
Que os muros banha à Lusitana Atenas,
Mostra-me as desmaiadas açucenas
Do rosto, que me ocupa a fantasia.

Deixa que eu beije a mão, que pôde um dia
Ceder de amor às lastimosas cenas;
Que entre as ânsias, a dor, a mágoa, as penas
Renove a saudosa idolatria.

Solto do véu mortal, ó Feliz Astro,
Une ao cadáver a truncada testa,
Levanta o belo colo de alabastro:

Uma alma grande junto a ti protesta
Fazer a glória da defunta Castro;
A ilustre neta vês: Maria é esta.

A ilustríssima e Excelentíssima Senhora Condessa de Cavaleiros, D. Maria José de Eça e Bourbon.

Soneto VII

Quantas vezes Lidora me dizia,
Ao terno peito minha mão levando:
Conjurem-se em meu mal os Astros, quando
Achares no meu peito aleivosia.

Então que não chorasse lhe pedia,
Por firme seu amor acreditando;
Ah! que em movendo os olhos suspirando
Ao mais acautelado enganaria!

Um ano assim viveu. Oh! céus! agora
Mostrou que era mulher: a natureza
Só por não se mudar a fez traidora.

Não, não darei mais cultos à beleza,
Que, depois de faltar à fé Lidora,
Nem creio que nas Deusas há firmeza.

Soneto VIII

O Númen Tutelar da Monarquia,
Que fez do grande Henrique a invicta espada,
Procurou dos Destinos a morada,
Por consultar a idade que viria.

A mil e mil heróis descritos via,
Que exaltam de Furtado a estirpe honrada,
E na série, que adora, dilatada,
O nome de Francisco descobria.

Contempla uma por uma as letras d'oiro;
Este penhor, que o tempo não consome,
Promete ao Reino seu maior tesoiro.

Prostra-se o Gênio; e sem que a empresa tome
De lhe buscar sequer mais outro agoiro,
O sítio beija, e lhe mostra o nome.

Ao ilustríssimo e Excelentíssimo Senhor Visconde de Barbacena, Francisco Furtado de Mendonça.

Soneto IX

Nascer no berço da maior grandeza
De palmas e de louros rodeado,
Deve-se aos grandes Pais, ao Tronco honrado,
Que ilustra desde longe a natureza.

Se porém muito mais se adora e preza
O dom que o nobre sangue traz herdado,
Pela própria virtude sustentado,
Feliz o objeto da presente empresa.

De mil heróis, no Tejo vencedores,
Um ramo nasce, um ramo que a memória
Faz imortal de seus Progenitores.

Eu leio em vaticínio a sua história:
Une Francisco, a par de seus maiores,
Ao herdado esplendor a própria glória.

Ao mesmo excelentíssimo Visconde.

Soneto X

Mudou-se enfim Lidora, essa Lidora
Por quem mil vezes fé me foi jurada.
Que vos detém, ó céus, que castigada
Ainda não deixais tão vil traidora?

Não haja piedade: sinta agora
A dita sem remédio em mal trocada;
Pois, se assim não sucede, fica ousada
Para ser outra vez enganadora.

Vingai, ó justos céus..., mas ah! que digo?
Que maltrateis Lidora? o sentimento
Privou-me do discurso; eu me desdigo.

Não, não vibreis o raio violento;
Pois sei que a compaixão do seu castigo
Há de aumentar depois o meu tormento.

Soneto XI

Adeus, cabana, adeus; adeus, ó gado;
Albina ingrata, adeus, em paz te deixo;
Adeus, doce rabil; neste alto freixo
Te fica, ao meu destino consagrado.

Se te for meu sucesso perguntado,
Não declares, rabil, de quem me queixo;
Não quero que se saiba vive Aleixo
Por causa de uma infame desterrado.

Se vires a Pastor desconhecido,
Lhe dize então piedoso: Ah! vai-te embora,
Atalha os danos, que outros têm sentido.

Habita nesta Aldeia uma Pastora,
De rosto belo, coração fingido,
Umas vezes cruel, e as mais traidora.

Soneto XII

Com pesadas cadeias maniatado,
Às vozes da razão ensurdecido,
Dos Céus, de mim, dos homens esquecido,
Me vi de amor nas trevas sepultado.

Ali aliviava o meu cuidado
C'o dar de quando em quando algum gemido.
Ah! tempo! que somente refletido
Me fazes entre as ditas desgraçado.

Assim vivia, quando a falsidade
De Laura me tornou num breve dia
Quanto a razão não pôde em longa idade:

Quebrei o vil grilhão que me oprimia!
Oh! feliz de quem goza a liberdade,
Bem que venha por mãos da aleivosia!

Soneto XIII

Obrei quanto o discurso me guiava,
Ouvi os Sábios, quando errar temia;
Aos bons no gabinete o peito abria,
Na rua a todos como iguais honrava.

Julgando os crimes nunca voto dava
Mais duro, ou pio do que a Lei pedia;
Mas podendo salvar o justo, ria,
E devendo punir ao réu, chorava.

Nem foram, Vila Rica, os meus intentos
Meter em férreo cofre cópia d'ouro,
Que chegue aos filhos e que passe aos netos;

Outras são as venturas que me agouro:
Ganhei saudades, adquiri afetos,
Vou fazer destes bens melhor tesouro.

Feito quando o Autor acabou o Lugar de ouvidor de Vila Rica e foi despachado para Desembargador da Bahia.

Soneto XIV

Quando o torcido buço derramava
Terror no aspecto ao Português sisudo,
Quando, sem pó nem óleo, o pente agudo
Duro, intonso, o cabelo em laço atava.

Quando contra os Irmãos o braço armava
O forte Nuno, opondo escudo a escudo;
Quando a palavra, que prefere a tudo,
com a barba arrancada João firmava.

Quando a mulher à sombra do marido
Tremer se via; quando a Lei prudente
Zelava o sexo do civil ruído;

Feliz então, então só inocente
Era de Luso o Reino. Oh! bem perdido!
Ditosa condição, ditosa gente!

Ode

Se entre as louras areias
Do meu Jaquitinhonha[125], um Gênio erguido
Às Regiões alheias
Manda que em doce metro repetido
Hoje o teu nome leve,
Tanto à virtude, meu Beltrão, se deve.[126]

Vejo a sórdida inveja
De ira morder-se, e as serpes sacudindo,
Por se tragar forceja;

125. Rio que nasce em Minas Gerais e vai dar no Oceano Atlântico depois de atravessar a Bahia.

126. Luís Beltrão de Gouveia, fiscal dos diamantes em Minas, na época.

De pejo e de vergonha em vão cobrindo
  Co'as frias mãos ao rosto,
Geme a calúnia no mortal desgosto.

  Vós, Gênios fortunados
Que do Templo da Glória honrais a estância,
  Os méritos sagrados
Cantai do bom Ministro: a constância
  A sábia fortaleza
É quem o guia na maior empresa.

  Se os rígidos palmares
Da Idumeia[127] consulto, o bravo Noto[128],
  Os tormentosos ares
Não podem mais dobrá-los: zomba, imoto,
  Nem às ondas tem medo,
Sobranceiro ao Egeu, firme penedo.

  Tal a constância tua
Em meio foi dos pérfidos rumores;
  A verdade, que, nua,
Derramava em teu rosto as vivas cores,
  Sobre as aras decentes
Viu por triunfo mil troféus pendentes.

  A vigilância, o zelo,
A retidão do espírito, elevada
  Ao grau mais rico e belo,
Essa virtude, que nos traz provada
  Em meio dos Tesouros
A sã virtude, que enobrece os Louros:

  Tudo, tudo aparece,
Sábio Ministro, da vitória ao lado;

127. Região da antiga Judeia.
128. Vento sul.

Atenas, que me oferece
No seu público Erário acreditado
Aristides, o Justo[129],
Em ti acena o seu modelo augusto.

Mil vezes orgulhosa
Negra calúnia o seu desterro tenta;
A virtude preciosa
Contra o fero Temístocles[130] sustenta,
Não há força que baste,
Não há poder que o peito lhe contraste.

Feliz o Rei, o Povo,
Feliz também de Têmis[131] a balança
De um modo raro e novo
Nas tuas mãos eu vejo que descansa;
Aos prêmios, ao castigo
Se reparte sem queixa o braço amigo.

Ah! sinta a nossa idade
De um sangue ilustre, de um talento raro
A próvida igualdade!
Melhor do que nos mármores de Paro[132],
Em memória aos vindouros
T'ergue o Serro um Padrão nos seus Tesouros.

Ao ilustríssimo Senhor Luiz Beltrão de Gouveia.

---

129. General e estadista ateniense (540-468 a.C.), conhecido por sua integridade, herói da batalha de Maratona, contra os persas, e depois banido de Atenas por inspiração de seu rival Temístocles (484 a.C.). Mais tarde, voltou a Atenas e combateu os persas nas batalhas de Salamina e Plateia.

130. General e político ateniense (525-460 a.C.), chefe do partido democrático, em oposição a Aristides, líder do partido aristocrático.

131. (Mit.) Deusa da justiça, representada com uma balança da mão.

132. Paros, uma das Ilhas Cíclades, célebre no passado pela qualidade de seu mármore.

Coleção L&PM POCKET

1265.**Ame e não sofra** – Walter Riso
1266.**Desapegue-se!** – Walter Riso
1267.**Os Sousa: Uma famíla do barulho** – Mauricio de Sousa
1268.**Nico Demo: O rei da travessura** – Mauricio de Sousa
1269.**Testemunha de acusação e outras peças** – Agatha Christie
1270(34).**Dostoiévski** – Virgil Tanase
1271.**O melhor de Hagar 8** – Dik Browne
1272.**O melhor de Hagar 9** – Dik Browne
1273.**O melhor de Hagar 10** – Dik e Chris Browne
1274.**Considerações sobre o governo representativo** – John Stuart Mill
1275.**O homem Moisés e a religião monoteísta** – Freud
1276.**Inibição, sintoma e medo** – Freud
1277.**Além do princípio de prazer** – Freud
1278.**O direito de dizer não!** – Walter Riso
1279.**A arte de ser flexível** – Walter Riso
1280.**Casados e descasados** – August Strindberg
1281.**Da Terra à Lua** – Júlio Verne
1282.**Minhas galerias e meus pintores** – Kahnweiler
1283.**A arte do romance** – Virginia Woolf
1284.**Teatro completo v. 1: As aves da noite** ***seguido de*** **O visitante** – Hilda Hilst
1285.**Teatro completo v. 2: O verdugo** ***seguido de*** **A morte do patriarca** – Hilda Hilst
1286.**Teatro completo v. 3: O rato no muro** ***seguido de*** **Auto da barca de Camiri** – Hilda Hilst
1287.**Teatro completo v. 4: A empresa** ***seguido de*** **O novo sistema** – Hilda Hilst
1289.**Fora de mim** – Martha Medeiros
1290.**Divã** – Martha Medeiros
1291.**Sobre a genealogia da moral: um escrito polêmico** – Nietzsche
1292.**A consciência de Zeno** – Italo Svevo
1293.**Células-tronco** – Jonathan Slack
1294.**O fim do ciúme e outros contos** – Proust
1295.**A jangada** – Júlio Verne
1296.**A ilha do dr. Moreau** – H.G. Wells
1297.**Ninho de fidalgos** – Ivan Turguêniev
1298.**Jane Eyre** – Charlotte Brontë
1299.**Sobre gatos** – Bukowski
1300.**Sobre o amor** – Bukowski
1301.**Escrever para não enlouquecer** – Bukowski
1302.**222 receitas** – J. A. Pinheiro Machado
1303.**Reinações de Narizinho** – Monteiro Lobato
1304.**O Saci** – Monteiro Lobato
1305.**Memórias da Emília** – Monteiro Lobato
1306.**O Picapau Amarelo** – Monteiro Lobato
1307.**A reforma da Natureza** – Monteiro Lobato
1308.**Fábulas** ***seguido de*** **Histórias diversas** – Monteiro Lobato
1309.**Aventuras de Hans Staden** – Monteiro Lobato
1310.**Peter Pan** – Monteiro Lobato
1311.**Dom Quixote das crianças** – Monteiro Lobato
1312.**O Minotauro** – Monteiro Lobato
1313.**Um quarto só seu** – Virginia Woolf
1314.**Sonetos** – Shakespeare
1315(35).**Thoreau** – Marie Berthoumieu e Laura El Makki
1316.**Teoria da arte** – Cynthia Freeland
1317.**A arte da prudência** – Baltasar Gracián
1318.**O louco** ***seguido de*** **Areia e espuma** – Khalil Gibran
1319.**O profeta** ***seguido de*** **O jardim do profeta** – Khalil Gibran
1320.**Jesus, o Filho do Homem** – Khalil Gibran
1321.**A luta** – Norman Mailer
1322.**Sobre o sofrimento do mundo e outros ensaios** – Schopenhauer
1323.**Epidemiologia** – Rodolfo Sacacci
1324.**Japão moderno** – Christopher Goto-Jones
1325.**A arte da meditação** – Matthieu Ricard
1326.**O adversário secreto** – Agatha Christie
1327.**Pollyanna** – Eleanor H. Porter
1328.**Espelhos** – Eduardo Galeano
1329.**A Vênus das peles** – Sacher-Masoch
1330.**O 18 de brumário de Luís Bonaparte** – Karl Marx
1331.**Um jogo para os vivos** – Patricia Highsmith
1332.**A tristeza pode esperar** – J.J. Camargo
1333.**Vinte poemas de amor e uma canção desesperada** – Pablo Neruda
1334.**Judaísmo** – Norman Solomon
1335.**Esquizofrenia** – Christopher Frith & Eve Johnstone
1336.**Seis personagens em busca de um autor** – Luigi Pirandello
1337.**A Fazenda dos Animais** – George Orwell
1338.**1984** – George Orwell
1339.**Ubu Rei** – Alfred Jarry
1340.**Sobre bêbados e bebidas** – Bukowski
1341.**Tempestade para os vivos e para os mortos** – Bukowski
1342.**Complicado** – Natsume Ono
1343.**Sobre o livre-arbítrio** – Schopenhauer
1344.**Uma breve história da literatura** – John Sutherland
1345.**Você fica tão sozinho às vezes que até faz sentido** – Bukowski
1346.**Um apartamento em Paris** – Guillaume Musso
1347.**Receitas fáceis e saborosas** – José Antonio Pinheiro Machado
1348.**Por que engordamos** – Gary Taubes
1349.**A fabulosa história do hospital** – Jean-Noël Fabiani
1350.**Voo noturno** *seguido de* **Terra dos homens** – Antoine de Saint-Exupéry
1351.**Doutor Sax** – Jack Kerouac
1352.**O livro do Tao e da virtude** – Lao-Tsé
1353.**Pista negra** – Antonio Manzini
1354.**A chave de vidro** – Dashiell Hammett
1355.**Martin Eden** – Jack London

IMPRESSÃO:
PALLOTTI
GRÁFICA
Santa Maria - RS | Fone: (55) 3220.4500
www.graficapallotti.com.br